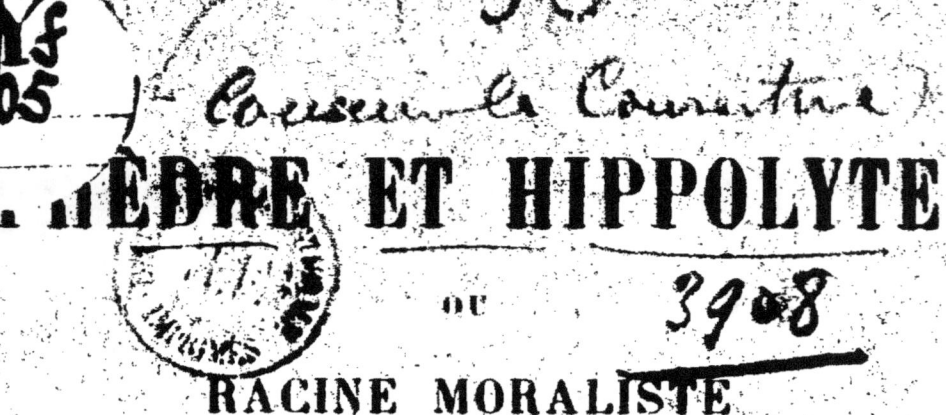

PHÈDRE ET HIPPOLYTE

ou

RACINE MORALISTE

ÉTUDES LITTÉRAIRES COMPARÉES

PAR

EDMOND DREYFUS-BRISAC

ANCIEN RÉDACTEUR EN CHEF
DE LA « REVUE INTERNATIONALE DE L'ENSEIGNEMENT »

PARIS

CHEZ L'AUTEUR, 8, RUE DE TOCQUEVILLE

PHÈDRE ET HIPPOLYTE

OU

RACINE MORALISTE

DU MÊME AUTEUR :

L'UNIVERSITÉ DE BONN ET L'ENSEIGNEMENT SUPÉRIEUR EN ALLEMAGNE. Paris, Hachette, 1879 (*Épuisé*).

L'ÉDUCATION NOUVELLE, études de pédagogie comparée. 3 vol. in-8. Paris, G. Masson, 1882-1897.

LA LIBERTÉ D'ENSEIGNEMENT. Brochure. Paris, G. Masson, 1883.

MÉTHODE ET ENSEIGNEMENT. Paris, Armand Colin, 1895.

J.-J. ROUSSEAU : LE CONTRAT SOCIAL. Édition comprenant, avec le texte définitif, les versions primitives de l'ouvrage, collationnées sur les manuscrits autographes de Genève et de Neuchâtel, une introduction et des notes. 1 vol. in-8, Paris, Félix Alcan, 1896.

L'ENSEIGNEMENT OBLIGATOIRE ET LES COMMISSIONS SCOLAIRES, dans la collection des *Monographies pédagogiques* publiée par le Ministère de l'Instruction publique en 1889.

AU PAYS DE RONSARD, poésies. Paris, Jouaust, 1887. (Il reste quelques exemplaires chez l'auteur.)

LES CLASSIQUES IMITATEURS DE RONSARD. Calmann-Lévy, 1901.

UN FAUX CLASSIQUE : NICOLAS BOILEAU. Calmann-Lévy, 1902.

943-02. — Coulommiers. Imp. PAUL BRODARD. — 1-03.

PHÈDRE ET HIPPOLYTE

ou

RACINE MORALISTE

ÉTUDES LITTÉRAIRES COMPARÉES

PAR

EDMOND DREYFUS-BRISAC

ANCIEN RÉDACTEUR EN CHEF
DE LA « REVUE INTERNATIONALE DE L'ENSEIGNEMENT »

PARIS

CHEZ L'AUTEUR, 6, RUE DE TOCQUEVILLE.

—

PRÉFACE

Vigny, ce grand penseur, ce maître en poésie,
A défini son art : la vérité choisie.
Si la comparaison est la source du beau,
Aux mains de la critique elle en est le flambeau.
Je rapproche aujourd'hui Sénèque d'Euripide,
Et j'ose comparer, d'une plume intrépide,
— Aux mânes de Boileau sans demander pardon, —
La Phèdre de Racine à celle de Pradon.
Et toi, Garnier aussi, puisqu'auprès de Sénèque
Racine te classait sur sa bibliothèque,
Toi que Ronsard aimait, que nul lecteur ne lit,
Je veux sauver tes vers d'un trop injuste oubli!
Après Boileau, voici son compère Racine,
En manches de dentelle, et dans son officine;
I' mêle, il manipule et, par un heureux choix,
Tout devient élégant et noble entre ses doigts;
Le gouverneur est noble ainsi que la suivante;
Ils parlent l'un et l'autre une langue savante;

1

Putiphar, attirant Joseph jusqu'à son lit,
Est noble, un vers pudique et tendre l'ennoblit.

O fille de Minos, démoniaque marâtre,
Ta démence en tous temps a tenté le théâtre.
Si le fils d'Antiope a méprisé ta foi,
Les grands maîtres de l'art sont amoureux de toi.
Tes furtives ardeurs et tes cris d'hystérique
Allument dans leur âme une fureur bachique.
Leur esprit, fasciné par ton amour fatal,
A pris pour héroïne un sujet d'hôpital.
O cœur humain, qui donc sondera ton mystère?
Tous ces vices honteux, applaudis du parterre,
Derrière l'éventail font rire les beaux yeux,
Et forment l'entretien des cercles précieux,
Mais dans le fond du cœur nous les jugeons
　　　　　　　　　　　　　　　　　infâmes!
Eh! qui voudrait s'unir à de pareilles femmes?
Qu'un amour innocent ne les fasse loucher,
Sous l'âne de Lucien elles s'iront coucher.
Si des cas réservés pour la pathologie,
De poétiques chants font éclore une orgie,
Où le sexe se voit sur la scène insulté,
C'est que le grand art vise à la difficulté,
Et que moins un spectacle est digne de nous plaire,
Plus il faut de talent pour que l'œil le tolère.
Le drame antique, issu de la fatalité,
Restait fidèle aux lois de la moralité.

Chez le tragique grec tout l'intérêt du drame
S'attache à ce bâtard * qu'une chienne diffame.
Le spectateur frémit d'horreur et de pitié
Pour le fils innocent qui meurt calomnié,
Et quand ce fils pardonne, en un élan sublime,
On pleure, en admirant, ce héros magnanime.
Un naturel hautain, qui perce à chaque mot,
De cette âme candide est l'unique défaut.
Le jeune Alcibiade et le sage Socrate
Dormaient tous deux couchés sur une même natte;
La même couverture, au duvet caressant,
Unissait le vieillard au bel adolescent.
Le farouche Hippolyte, à l'humeur taciturne,
Sans doute eût réprouvé cette amitié nocturne **;
Sa pensée était chaste, et, sourde aux doux propos,
Ne voyait dans la nuit que l'heure du repos.
C'est ce qui le perdra, car une femme éprise
Supporte, excuse tout, mais non qu'on la méprise.
Le destin a marqué l'infaillible trépas,
Mais l'homme de lui-même y porterait ses pas;
Le drame se déroule en un ordre logique,
Et l'art rend vraisemblable un dénouement tragique.
Phèdre court à son sort comme une bête en rut,
Et sa volonté semble avoir cherché ce but.

---

*Hippolyte (dans la tragédie d'Euripide) : « O mère infortunée,
ô funeste naissance, je ne souhaiterai jamais à aucun de mes amis
d'être un bâtard. — Demande aux Dieux des fils légitimes qui
me ressemblent! »

**Hippolyte : « Je n'aime pas les divinités qu'on adore la nuit »

Vaine et faible à la fois, malheureuse et coupable,
La Phèdre d'Euripide est celle de la fable.
Sa douleur fait pitié, son crime fait horreur.
Son amour méprisé dégénère en fureur.
Simple femme du peuple et de basse naissance,
Son corps se donnerait une pleine licence;
Mais son orgueil de reine enchaîne ses plaisirs.
La pudeur d'Hippolyte irrite ses désirs,
Son esprit échauffé se peint mille délices,
Et ses sens égarés s'en font mille supplices;
Elle en meurt à la fin et son cœur impuissant
Se venge et dans sa perte entraîne l'innocent.
Vivante, elle a tenu sa passion secrète,
Et sa nourrice a dû s'en faire l'interprète:
Elle n'eût pas osé, vivante, soutenir
Sa lâche calomnie et plus tard s'en punir.
Sénèque, le premier, changea la tragédie,
Fit parler elle-même une Phèdre enhardie;
De sa bouche Hippolyte est instruit de ses feux,
Et s'enfuit, plus confus qu'elle de ses aveux.
Plus tard devant le corps de sa noble victime,
Phèdre, en proie aux remords, reconnaîtra son crime,
Phèdre est toujours en scène, elle est au premier plan;
On rapporte Hippolyte, écartelé, sanglant,
Cette horreur est son œuvre, et, morale insolite,
C'est elle que l'on plaint et non pas Hippolyte.
Racine, ami du Grec, imite le Latin,
Il brûle, dans ses vers, pour l'abjecte catin.

Sénèque avait du moins respecté la figure
D'Hippolyte, si franche et si fière et si pure :
Comme à plaisir, Racine a noirci, bafoué
Cet ennemi du sexe et ce fils dévoué.
Malgré l'ordre d'un père, en Céladon timide,
Il soupire, il languit pour une Pallantide :
Un magique pinceau fait, par enchantement,
La vertu ridicule et le vice charmant.
Comme d'une pudeur l'inceste se décore ;
Si la *grâce* divine, hélas ! lui manque encore.
Il a ces doux attraits où les yeux attachés
Boivent avidement l'ivresse des péchés.
Qu'eût dit « Ce véridique et grave » Aristophane [*]
Qui flétrit Euripide et sa Phèdre profane,
S'il eût vu le disciple aimé de Port-Royal,
Montrer une impudique, au forfait déloyal,
Sous les traits maquillés de sa propre maîtresse,
Attendrir son public sur cette âme traîtresse,
Et faire œuvre d'honneur et de moralité
Du portrait embelli de la lubricité ! [2]
La vérité dans l'art est la vertu suprême ;
Il faut la respecter, l'aimer pour elle-même :
Le devoir de l'artiste est de peindre le mal
Dans sa difformité, sans un trait idéal,

---

[*] Nous signalons aux admirateurs outrés d'Aristophane. qui prennent trop au sérieux ses théories politiques ou morales, le passage ironique de Lucien (l'Histoire véritable) : « Je me rappelai alors ce qu'en dit Aristophane, le poète grave et véridique, qui mérite à tant d'égards la foi du lecteur ».

1.

Comme une nuit affreuse et couverte de voiles,
Et non comme un beau soir étincelant d'étoiles!

La Phèdre d'Euripide est l'épouse du roi,
Et son crime plus grand explique son effroi.
La Phèdre de Pradon, amoureuse et jalouse*,
Est une fiancée et non pas une épouse.
De la Phèdre historique elle n'a plus un trait :
De l'adultère même elle a perdu l'attrait.
L'amante d'Hippolyte est du moins bien française.
Avec les anciens l'auteur s'est mis à l'aise :
Des *épines du Grec*, il entend s'affranchir :
Ici, comme là-bas, l'amour fait tout fléchir,
Le crime est triomphant, la Némésis est lente;
Mais tout se dit, se fait d'une façon galante;
L'adultère et l'inceste ont accès à la cour,
Mais sous le nom décent d'une intrigue d'amour;
Les grands mots indignés sont pour la populace,
Dans les cercles polis leur son détonne et glace;
Homère composait pour des hommes grossiers :
Il faut laisser ce style à nos vieux romanciers.
Trop appuyer serait contraire au bel usage.
La Phèdre de Pradon sait contenir sa rage;
Elle n'accuse pas, elle ne dit pas non;
Son meurtrier silence agit comme un poison.
Le crédule Thésée à son fils qu'il soupçonne,
Sans preuves, fait subir le sort de l'amazone **;

* Jalouse, comme celle de Racine.
** Il n'était peut-être pas inutile de rappeler ici ce précédent.

La scène est à Paris; à Trézène, du moins,
Le doigt glacé de Phèdre accusait sans témoins.
Chez Racine Thésée est un père jocrisse,
Qui maudit son fils sur des contes de nourrice *:
Cette nourrice parle un langage soigné,
Comme une Maintenon, comme une Sévigné!
La timide Aricie, aux langoureuses peines,
N'est point de Tanagra, de Crète, ni d'Athènes:
Chimère est sa patrie, où naissent les romans,
Les amours malheureux et les parfaits amants.

Il nous faut l'avouer, quelquefois les *modernes*
Auprès des anciens semblent un peu... badernes;
Quelques-uns font penser à ces petits garçons.
Qui plutôt mal que bien récitent leurs leçons.
Au siècle de Louis ayant eu l'heur de naître.
Peut-être ils se croyaient supérieurs à leur maître.
La forme chez Racine, en ses derniers écrits,
Pour le profane même, est celle de Cypris;
Le style d'Euripide échappe à la critique.
Et nous ne goûterons jamais le sel attique:
Mais créer, animer des types immortels.
Qui survivent aux Dieux, brisés sur leurs autels,

---

* Racine :

Une seconde fois interrogeons Œnone.
Je veux de tout le crime être mieux éclairci.

Corneille :

De qui le seul aspect rend le crime éclairci.
— Et que Tircis en soit de tout point éclairci.

Aux empires détruits, aux villes enfouies,

Aux races pour jamais du monde évanouies ;

Des types, qui malgré vingt siècles expirés,

Sont comme aux premiers jours de nos temps admirés,

C'est mériter sans doute une gloire plus belle

Que les meilleurs essais tirés sur leur modèle.

Étudions toujours ces maîtres glorieux,

Non pour les copier, mais pour créer comme eux....

Mais à quoi bon. Lecteur, d'une voix décidée,

Plaider contre le mot la cause de l'idée ?

Et ton Dieu n'est-il pas cet Hercule gaulois

Qui nous tient par sa langue enchaînés à ses lois*?

---

* Lucien (Hercule) : « Les Gaulois, en leur langage, appellent Hercule Ogmios.... Cet Hercule vieillard attire à lui une multitude considérable qu'il tient attachée par les oreilles ; les liens dont il se sert sont de petites chaines d'ambre et d'or d'un travail délicat et semblables à d'élégants colliers. Malgré la faiblesse de leurs chaines les captifs ne cherchent point à prendre la fuite.... On dirait qu'ils seraient fâchés de recouvrer la liberté.... Mais ce qu'il y a de plus bizarre dans cette peinture c'est que l'artiste, ne sachant où attacher le bout des chaines (car la main droite du héros tient une massue et la gauche un arc), a imaginé de percer l'extrémité de la langue du Dieu et de faire attirer par elle tous ces hommes qui le suivent. — Hercule, le visage tourné vers eux, les conduit avec un gracieux sourire ».

NOTE

Note 2, page 5.

Préface de Phèdre : « Au reste je n'ose encore assurer que cette pièce soit en effet la meilleure de mes tragédies. Je laisserai aux lecteurs et au temps à décider de son véritable prix. Ce que je puis assurer c'est que je n'en ai point fait où la vertu soit plus mise au jour que dans celle-ci. *Les moindres fautes y sont sévèrement punies. La seule pensée du crime y est regardée avec autant d'horreur que le crime même.* Les faiblesses de l'amour y passent pour de vraies faiblesses. Les passions n'y sont présentées aux yeux que pour montrer tout le désordre dont elles sont causes. Et le vice y est peint partout avec des couleurs qui en font connaître et haïr la difformité. C'est proprement le but que tout homme qui travaille pour le public doit se proposer ».

Racine semble oublier la calomnie épouvantable à laquelle Phèdre, mal conseillée il est vrai, s'associe au retour de Thésée :

> **Fais** ce que tu voudras, je m'abandonne à toi.

dit-elle à Œnone.

Et à Thésée :

> Je ne mérite plus ces doux empressements.
> Vous êtes offensé. La Fortune jalouse
> N'a pas en votre absence épargné votre épouse.
> Indigne de vous plaire et de vous approcher.
> Je ne dois désormais songer qu'à me cacher.

PHÈDRE et HIPPOLYTE

L'aventure tragique d'Hippolyte, qui remonte aux origines de la Grèce héroïque, a, de tous temps, intéressé et ému l'âme populaire, comme toutes celles où l'amour, cette force mystérieuse, manifeste son aversion invincible ou son irrésistible attrait. C'est ce qui fait dire à Pausanias, le célèbre voyageur, le véritable et presque le seul guide de l'archéologie contemporaine en Grèce, que « les barbares eux-mêmes ont entendu parler de l'amour de Phèdre et de la criminelle audace de sa nourrice pour servir sa passion ».

Euripide, le premier, a porté ce sujet sur la scène, et on peut affirmer, sans crainte de contradiction, que la légende s'est en quelque sorte incarnée dans son œuvre inimitable[1]. Sénèque a suivi la donnée d'Euripide, avec d'importantes modifications, et notre vieux poète Garnier, l'ami et le disciple de Ronsard, a traduit fidèlement Sénèque en vers énergiques et très bons pour l'époque.

La *Phèdre* de Racine nous est présentée par son illustre auteur comme une œuvre inspirée par Euripide*. Ce n'est qu'incidemment que le nom de Sénèque est prononcé, à propos d'un détail de la pièce où Racine a adopté une version différente de celle du poète latin : « Hippolyte est accusé dans Euripide et dans Sénèque d'avoir en effet violé sa belle-mère,... mais il n'est ici accusé que d'en avoir eu le dessein ». On verra que dans beaucoup d'autres passages et même dans une scène capitale, Racine imite et traduit Sénèque, qu'il a très soigneusement exploré dans tous les coins.

La *Phèdre* de Pradon est tombée dans l'oubli et n'est plus connue que par les critiques de Boileau et par les incidents presque tragiques qui mirent aux prises l'auteur avec Racine. On sait que les deux pièces furent représentées presque en même temps : la tragédie de Racine, le premier jour de l'année 1677, à l'hôtel de Bourgogne, et celle de Pradon, le

---

* Préface de *Phèdre* : « Voici encore une tragédie dont le sujet est pris d'Euripide. quoique j'aie suivi une route un peu différente de celle de cet auteur pour la conduite de l'action : je n'ai pas laissé d'enrichir ma pièce de tout ce qui m'a paru le plus éclatant dans la sienne. Si je ne lui devais que la seule idée du caractère de Phèdre. je pourrais dire que je lui dois ce que j'ai peut-être mis de plus raisonnable sur le théâtre ».

dimanche suivant, sur le théâtre de la troupe du Roi.
« Une cabale de M. de Vendôme et de la duchesse de
Bouillon voulait mettre la pièce de Racine au-dessous
de celle de Pradon ». Nos histoires littéraires, dans
le récit de ces démêlés, prennent toujours le parti
de Racine et de Boileau. Pour faire entendre au
lecteur le son des deux cloches, nous avons repro-
duit tous les témoignages. Il est certain que Pradon
a voulu opposer sa pièce à celle de Racine; il le
déclare lui-même avec une certaine crânerie :
« J'avoue franchement que ça n'a point été un effet
du hasard qui m'a fait rencontrer avec M. Racine,
mais un pur effet de mon choix. J'ai trouvé le sujet
de Phèdre beau dans les anciens, j'ai tiré mon
épisode d'Aricie des tableaux de Philostrate* et je
n'ai point vu d'arrêt de la cour qui me défendît
d'en faire une pièce de théâtre. » D'autre part, Boileau semble avoir conservé un souvenir assez désa-
gréable de ces incidents; « il avait conseillé à
M. Racine de ne pas faire représenter sa tragédie
dans le même temps que Pradon devait faire jouer
la sienne, afin de ne pas entrer en concurrence avec
Pradon. Mais la Champmeslé, qui savait déjà son
rôle et qui voulait gagner de l'argent, obligea

---

* Et Racine, sans doute, comme lui.

M. Racine à donner sa pièce ». Ce renseignement, rapporté par Brossette, indique assez que, dans cette querelle, ce n'étaient pas seulement les grands intérêts de l'art qui étaient en cause. Racine, qui devait bientôt faire une fin édifiante, vivait encore dans le milieu profane des filles de théâtre. Lui et Boileau, dont nous avons le témoignage, faisaient honneur au champagne payé par les grands seigneurs à qui la Champmeslé partageait ses bonnes grâces. Le malheureux poète Petit, qu'une justice barbare devait supplicier en place de Grève pour quelques couplets libertins, avait dépeint ainsi, dans son *Paris ridicule*, l'hôtel de Bourgogne :

> Célèbre théâtre, où des garces,
> D'intrigue avecque des cocus,
> Donnent autant de coups de c...
> Qu'elles représentent de farces :
> Vieux jeu de paume déguisé,
> Bordel public royalisé....

On pourrait accuser ce railleur de médisance, si ces méchants propos d'autrefois n'étaient confirmés depuis par des autorités fort sérieuses. L'une d'elles, madame de Sévigné, s'était faite la confidente des fredaines de son fils, non sans doute par goût du scandale, mais pour guider ce cher bohème sur une voie périlleuse et prévenir, autant que possible, d'irréparables écarts; or cette tendre mère écrit à sa fille l'anecdote suivante qui jette un jour curieux sur cette vie de derrière les coulisses : « Il me contait l'autre jour (son fils) qu'un comédien voulait se marier, quoiqu'il eût un certain mal, un peu dangereux, et son camarade lui disait : « Eh! morbleu, « attends que tu sois guéri, tu nous perdras tous! » Cela me parut une jolie épigramme. » (Lettre du 8 avril 1671.)

Boileau, qui aimait à rimer sur les idées d'autrui, paraît avoir suivi le conseil, en immortalisant cette piquante saillie dans un huitain à la Marot :

De six amants, contents et non jaloux,
Qui tour à tour servaient madame Claude,
Le moins volage était Jean, son époux.
Un jour pourtant, d'humeur un peu trop chaude,
Serrait de près sa servante aux yeux doux;
Lorsqu'un des six lui dit : « Que faites-vous?
Le jeu n'est sûr avec cette ribaude;
Ha! voulez-vous, Jean, Jean, nous gâter tous? »

Boileau semble avoir revendiqué auprès de Brossette la paternité de ce trait d'esprit, s'il faut en croire ce passage de son fidèle disciple :

« Toute la société de ces messieurs était un soir

à souper chez Champmeslé et M. Despreaux fit l'épigramme suivante sur Champmeslé, qui aimait sa servante, et sur sa femme, qui avait cinq ou six amants en ce temps-là. »

Ce monde lettré et titré, qui festoyait ensemble après la tragédie, dut associer ses talents et sa malice pour composer la plus sanglante, la plus diffamatoire des satires, en réponse au sonnet assez inoffensif de cette bonne et prétentieuse madame Deshoulières. De telles atrocités eussent valu sans doute aux célèbres auteurs une correction bien méritée, si le grand Condé, qui n'a pas toujours défendu les meilleures causes, n'était intervenu à temps pour prendre ces matamores, devenus craintifs, sous sa puissante protection[*].

Il nous a paru bon de comprendre la *Phèdre* de Pradon dans notre étude et, pour nous servir d'une expression de l'auteur, nous n'avons pas cru, en le faisant, commettre un crime de *lèse-majesté*[2]. On ne saurait trop le répéter, la grande histoire littéraire, elle-même, serait infidèle à son mandat, elle manquerait son but, en n'accordant pas une attention suffisante aux écrivains du second ordre, ne fût-

---

[*] Tous ceux qui connaissent la chronique galante du temps auront peine à n'attribuer qu'à des motifs purement littéraires cette intervention d'un Condé.

ce que pour rechercher les motifs qui les ont fait préférer parfois par les contemporains à des génies que le temps a consacrés. Pradon, de son vivant, n'a guère eu que des succès au théâtre, et sa dernière œuvre, *Régulus*, a marqué l'apogée d'une carrière plutôt brillante, en dépit de redoutables adversaires. C'est ce qu'il faut bien remarquer, sans réclamer, à son profit, une revision qui ne serait justifiée qu'en partie.

Le drame d'Euripide, qui a servi de modèle à toutes les œuvres postérieures, est le point de départ naturel de nos comparaisons, il convient donc de l'analyser en premier lieu. Son titre : *Hippolyte* ᵉ est déjà significatif. L'action peut se résumer ainsi :

Dans une sorte de prologue, Vénus explique le sujet. Elle comble d'honneurs ceux qui respectent sa puissance et abat ceux qui la traitent avec orgueil. Le fils de Thésée, Hippolyte, la déteste et la méprise. Il regarde Diane comme la plus grande des divinités et, en sa compagnie, dans les forêts, poursuit les bêtes sauvages. Voici le plan que Vénus prépare pour sa vengeance. Elle a allumé dans le cœur de Phèdre, l'épouse de Thésée, un violent amour pour Hippolyte. La malheureuse reine dépérit en silence

---

ᵉ Ou peut-être *Hippolyte couronné*.

sans que personnne ait connaissance du mal qui la
tue. Mais Thésée en sera instruit et Hippolyte « le
jeune ennemi » de la déesse périra victime des imprécations de son père.

Hippolyte, de retour de la chasse, accompagné
d'une suite nombreuse, offre à Diane, sa souveraine,
une couronne tressée de ses mains dans une forêt
vierge. Malgré l'avis d'un de ses serviteurs, qui l'engage à sacrifier aussi sur l'autel de Vénus, il s'y
refuse avec des paroles outrageantes.

A son départ, le chœur s'entretient de l'état de la
reine qui, dit-on, reste enfermée dans son palais,
atteinte d'un mal secret et depuis trois jours refuse
toute nourriture. Quelle peut être la cause de cette
fureur qui l'agite? A-t-elle offensé Diane? Son époux
lui est-il infidèle? A-t-elle reçu de Crète une mauvaise nouvelle? Est-ce une grossesse avancée qui
produit ces troubles assez fréquents en pareils cas?
Mais voici la vieille nourrice de Phèdre qui trans-
porte sa maîtresse devant les portes du palais.

Elle exhorte à la patience Phèdre, qui se répand
en plaintes et en propos égarés. Elle la presse, en
lui saisissant la main et en embrassant ses genoux,
de lui révéler la cause de son mal. Phèdre cède
enfin à ses instances et à celles du chœur, et avoue
son amour pour Hippolyte. Cris de douleur des

femmes du chœur qui prévoient une catastrophe.

Phèdre fait l'analyse de son mal et révèle « la route que son cœur a suivie ». Elle a d'abord caché son amour et cherché à y résister. Ne pouvant réussir à vaincre Vénus, elle a pris la résolution de mourir pour sauver sa gloire et ne pas déshonorer son époux et ses enfants.

La nourrice reconnaît qu'à cet aveu, elle a d'abord éprouvé de l'effroi, mais la réflexion lui a prouvé qu'elle avait tort. Phèdre aime : quoi d'étonnant! n'a-t-elle pas cela de commun avec tous les hommes et même avec certains Dieux? « Qu'elle ait donc le courage de son amour », puisqu'un Dieu l'a voulu.

Après bien des résistances, Phèdre laisse agir sa nourrice.

Le chœur exprime le vœu de ne devenir jamais la proie de l'amour qui égare la raison.

Phèdre, aux écoutes, s'écrie qu'elle est perdue. Elle entend Hippolyte proférer des injures contre la nourrice ; celle-ci supplie Hippolyte de se taire, elle lui rappelle le serment qu'il a fait de ne pas révéler ses paroles. Hippolyte, dans une apostrophe indignée, flétrit les femmes, cette engeance funeste, née pour le malheur des hommes. Puisqu'il s'est lié par un serment, il va s'exiler jusqu'au retour de son père.

Phèdre maudit sa nourrice qui a voulu lui rendre, malgré elle, un service déshonnête. Elle va se donner la mort, car jamais elle n'affronterait le regard de Thésée après l'acte honteux qu'elle a commis. Mais sa mort sera aussi funeste à un autre qui apprendra à être plus modeste et à ne pas tirer vanité du malheur d'autrui.

Un messager annonce que Phèdre s'est pendue*. A ce moment, Thésée, de retour de voyage, s'étonne des cris qui retentissent dans le palais et de l'accueil qu'il reçoit. Serait-il arrivé malheur au vieux Pythée, ou à ses enfants? « Non, lui répond-on, c'est Phèdre qui s'est donné la mort. »

Douleur de Thésée. Il remarque les tablettes suspendues à une main chérie, déroule le cordon fixé par le cachet. Le chœur se lamente. Thésée : « Elle crie, cette lettre, d'exécrables attentats! Hippolyte a osé souiller mon lit par la violence. O Neptune! ô mon père! tu m'as promis d'accomplir trois de mes vœux : daigne en exaucer un, en faisant périr

---

* Ici se place un curieux trait d'observation des mœurs populaires, sous le régime monarchique, le défaut d'initiative et la peur des responsabilités : « *Le Messager* : Hâtez-vous, qu'on apporte un glaive à deux tranchants pour couper le nœud qui l'attache. — *Demi-chœur* : Amies, que devons-nous faire? Faut-il entrer dans le palais et débarrasser la reine de la corde nouée autour de son cou? — *Demi-chœur* : Et pourquoi? N'y a-t-il pas là de jeunes serviteurs? Se mêler de tout est chose dangereuse en ce monde ».

mon fils ; que ce jour soit témoin de son châtiment si tes promesses doivent se réaliser ! »

Hippolyte a entendu les cris de son père. Il vient en apprendre la cause. Il voit Phèdre morte et en est étonné : comment a-t-elle péri ?

« Ose, lui dit Thésée, regarder en face ce père que tu as déshonoré ! Quels serments seraient assez forts pour démentir ce cadavre qui t'accuse et pour te justifier ? »

Hippolyte essaie en vain sa défense. Thésée se refuse à l'écouter et le chasse.

« Je sais la vérité, s'écrie Hippolyte resté seul, et je n'ose la révéler. » Il dit adieu à ses amis et part.

Le chœur trouverait une grande consolation dans l'idée de la Providence, mais ce qu'il voit lui ôte sa foi. L'astre le plus éclatant de la ville de Minerve en est banni.

Un messager apporte la nouvelle d'une catastrophe. Hippolyte, monté sur son char, suivait la route qui mène à Argos et au pays d'Épidaure, lorsque soudain un bruit affreux s'est fait entendre. La mer a vomi sur le rivage un monstre sauvage, un taureau dont les mugissements remplissent les chevaux d'épouvante. Ils s'emportent, le char se brise et Hippolyte, embarrassé dans les rênes, est traîné contre les rochers jusqu'à ce que le nœud se déchire et le laisse mourant sur le rivage.

Thésée ordonne qu'on apporte ce fils ; il veut le confondre une dernière fois.

Le chœur célèbre Vénus, qui règne seule en souveraine sur les mortels.

Diane apparaît alors à Thésée. Elle lui révèle le coupable amour de Phèdre et ses ruses funestes. Diane n'a pu empêcher Vénus de satisfaire son ressentiment, car telle est la loi établie parmi les Dieux, que loin de s'opposer au dessein arrêté par l'un d'eux, il faut s'effacer devant lui.

Arrivée d'Hippolyte qui se traîne, avec des plaintes, mutilé, expirant. Il reconnaît avec joie la présence de Diane, qui le console et l'exhorte à ne pas haïr son père. La déesse disparaît. Hippolyte pardonne à Thésée et meurt dans ses bras.

Quelques paroles émues de Thésée et du chœur terminent la pièce.

Telle est la donnée générale de ce drame, qui semble conforme à la tradition. Aristophane, dans sa comédie des *Grenouilles*, où il met aux prises Eschyle et Euripide, fait dire à celui-ci : « Mais j'ai fait de grands changements à l'histoire de Phèdre. — Tu n'en as fait aucun », réplique Eschyle. S'il faut croire une version rapportée par Pausanias,

Hippolyte, ressuscité par Esculape, se serait refusé à pardonner à son père*. Au contraire, dans le drame d'Euripide, il l'absout, avec autant de générosité que de noblesse, et le poète a tiré de cette situation les effets les plus pathétiques.

Les déesses de l'amour et de la chasteté, Vénus et Diane, ouvrent et ferment la pièce, avec une sorte de symétrie élégante. L'intervention de Diane était nécessaire pour détromper Thésée; le discours de Vénus est conforme à la méthode d'Euripide, qui aime à mettre ainsi au point ses auditeurs. Le procédé est d'une simplicité assez primitive, mais je l'aime autant que le mode d'exposition classique, où la pièce débute par des confidences entre personnages qui sont censés s'entretenir, pour la première fois, de faits qu'ils devaient connaître depuis longtemps. Le système ancien a du moins le mérite de la clarté; dans le système moderne, l'exposé qui ressort de ces dialogues est souvent obscur ou incomplet.

Ce rappel préalable des événements était d'ail-

* Voici le passage de Pausanias :

« La tradition des *Ariciens* s'accorde avec ce qu'on lit sur un cippe (à Épidaure); ils prétendent qu'Esculape ressuscita Hippolyte, qui avait perdu la vie par l'effet des imprécations de Thésée. Hippolyte, lorsqu'il eut revu le jour, ne voulut point pardonner à son père et, sans avoir égard aux supplications de Thésée, il se rendit en Italie chez les *Ariciens*, devint roi du pays et y consacra à Diane une enceinte. »

leurs presque aussi utile autrefois qu'il le serait aujourd'hui. A Athènes la plupart des spectateurs ne connaissaient guère, dans le détail, les malheurs d'Hippolyte. Ces vieux récits, que des fouilles récentes nous font voir moins fabuleux qu'on avait pu le supposer jusqu'à présent, étaient loin de la pensée du public, réuni à ces grandes représentations de toutes les parties de la Grèce. Sans doute le petit nombre des lettrés se plaisait surtout à la rhétorique du poète et au jeu des acteurs; mais la foule était remuée et secouée par les péripéties émouvantes du drame, toute son horreur allait à cette marâtre incestueuse et perfide, et toute sa pitié à ce noble bâtard, victime d'une abominable calomnie et de son dévouement filial.

Sénèque le Tragique, dont nous ne connaissons guère, en guise de biographie, que le nom, mais qui par l'esprit général de son œuvre a pu paraître s'identifier avec Sénèque le Moraliste, est un écrivain vraiment original, bien que subtil et déclamatoire, et non un simple imitateur ou adaptateur des tragiques grecs. A-t-il eu sous les yeux d'autres modèles que l'Hippolyte d'Euripide, nous l'ignorons*; toujours est-il que son drame diffère à ce point

*Lycophron avait composé une tragédie d'*Hippolyte* qui ne nous est pas parvenue. On prête, sans preuves et, sans vraisem-

de celui de son prédécesseur qu'on peut presque l'appeler un drame nouveau.

Au début, après le départ d'Hippolyte pour la chasse, nous assistons à un entretien de Phèdre et de sa nourrice qui connaît déjà l'amour de sa maîtresse, et s'efforce en vain de la raisonner sur cette fatale passion. Ses conseils et ses reproches ne peuvent toucher Phèdre, qui se plaint de l'infidélité de Thésée et semble vouloir rejeter sur son abandon la responsabilité d'un criminel égarement. « Le mal intérieur qui la consume s'allume dans son sein comme le feu qui bouillonne dans les entrailles de l'Etna. » L'amour subjugue son cœur. Elle voit l'abîme ouvert et s'y laisse entraîner. Peut-être sa passion trouvera-t-elle grâce auprès d'Hippolyte, mais s'il ne dépose pas sa haine à ses pieds, elle est décidée à mourir. « Essayez de fléchir ce cœur intraitable », dit la nourrice, pour qui toute solution est préférable à la perte de sa maîtresse.

Elle aborde Hippolyte, lui reproche doucement sa vie sauvage et solitaire et l'engage à ne pas perdre sans fruit ses plus beaux jours. Hippolyte se déclare heureux de jouir en paix de la pureté du ciel et de la liberté des champs. D'ailleurs, soit ins-

blance, à Euripide, une autre pièce, sur le même sujet, qui rterait le titre de *Phèdre*.

tinct, soit raison aveugle, il fuit et déteste les femmes. « Les loups caresseront avec amour les daims timides avant que son cœur se dépouille de sa haine. »

Survient Phèdre, qui, à la vue d'Hippolyte, tombe presque en défaillance. Mais elle s'arme de courage. Elle est résolue à parler. La pudeur n'est plus de saison. Il y a des crimes que le succès justifie. Elle prie Hippolyte de l'écouter sans témoin et, en termes brûlants, lui fait l'aveu de son amour. Repoussée par lui avec horreur et indignation, elle se jette à ses pieds et l'embrasse. Hippolyte se dégage, cherche son épée. « Qu'elle meure, comme elle le mérite! J'ai enveloppé ma main de ses cheveux et je tiens relevée cette tête impudique. Chaste Diane, jamais sang n'aura coulé plus justement sur tes autels. » Phèdre se dit heureuse de mourir de sa main, mais Hippolyte s'enfuit, laissant entre ses mains le fer qu'elle a touché et que son contact a souillé.

« Le plus sûr quand on craint, c'est d'attaquer, s'écrie la nourrice. Accusons Hippolyte lui-même d'une flamme incestueuse. Tout s'est passé en secret. Nul témoin ne pourra nous démentir. » Et elle prend le chœur à témoin de la violence subie par Phèdre et de la fuite précipitée d'Hippolyte, son infâme séducteur.

Thésée, rendu à la terre, se plaint de n'entendre, à son retour, que des gémissements et des soupirs. La nourrice lui apprend que Phèdre, minée par un secret qui la tue, veut mourir, mais elle ignore la cause de sa douleur. Phèdre, pressée de questions par son époux qui menace de mettre à la question la nourrice pour lui arracher la vérité, se décide à parler. Elle a résisté aux prières du séducteur, ses menaces n'ont rien pu sur son cœur, mais son corps a souffert violence.

Thésée : « Quel est le perfide qui m'a déshonoré?

Phèdre : « Cette épée vous l'apprendra. »

Et Thésée reconnaît sur la poignée l'emblème de sa maison et du peuple athénien. Il maudit son fils et demande sa mort à Neptune. Un messager annonce la mort affreuse d'Hippolyte. « Je sais depuis longtemps que je n'ai plus de fils », s'écrie Thésée; et il se fait raconter les détails de la catastrophe.

Phèdre éperdue, un glaive à la main, s'élance du palais et après avoir fait l'aveu de son crime, elle se tue sur le cadavre d'Hippolyte, qu'elle adore toujours et avec qui elle est heureuse de s'unir dans la mort.

Thésée se répand en lamentations. D'abord il veut mourir, puis il se résigne à vivre pour expier sa faute dans la solitude et dans les pleurs. Il fait apprêter pour son fils un bûcher et de royales funérailles. Quant à Phèdre, on lui creusera un tombeau et la terre s'appesentira sur sa tête coupable.

Toute cette action est coupée par les déclamations lyriques et les tirades sententieuses du chœur.

Garnier n'a guère fait que traduire Sénèque. Il a ajouté de son cru une sorte d'exposition qu'il place dans la bouche d'Egée; il nous fait assister aux remords de la nourrice qui se jette dans la mer devant les spectateurs*; enfin il prête au chœur des sentiments et des idées dont le tour original mérite d'arrêter l'attention. En général ses développements sont plutôt lyriques et le dialogue n'est pas celui qui convient au théâtre.

On l'a vu, dans la pièce de Sénèque, les modifications portent aussi bien sur le caractère des principaux personnages que sur les péripéties du drame. Hippolyte, il est vrai, conserve les traits que lui a donnés Euripide, mais il passe à l'arrière-plan. C'est Phèdre qui accapare presque à elle seule l'attention des spectateurs dans un rôle désormais fameux et qui tentera toutes les étoiles de théâtre. Ce n'est plus la reine, timide et concentrée, que

* Racine :
   Dans la profonde mer Œnone s'est lancée.

nous peignait Euripide. La Phèdre de Sénèque déclare elle-même sa passion à Hippolyte, elle l'accuse, elle-même, devant Thésée, et enfin elle fait, de sa bouche, l'aveu de son crime, sans que rien l'y oblige, et se donne la mort avec l'épée qui a servi d'instrument à la calomnie. La Phèdre d'Euripide se montre dissimulée et perfide; son accusation est un expédient lâche et honteux. La Phèdre de Sénèque fait preuve dans tous ses actes d'une résolution et d'une bravoure qui lui attirent la pitié et presque la sympathie du spectateur*; conception fort originale et intéressante, il faut le reconnaître, mais d'une immoralité profonde, où le poète, indifférent au sort tragique d'un héros sans reproche, se passionne pour la créature la plus dévergondée et la plus criminelle.

Et Racine? car, enfin, le croirait-on? nous n'avons parlé encore que de Sénèque et d'Euripide. On verra par nos extraits quelle est sa part d'originalité dans le détail; mais en quoi a-t-il modifié les caractères et la conception générale du drame? Sa Phèdre est celle de Sénèque. Même aveu à Hippolyte, même dénonciation à Thésée. Ce sont les mêmes remords, la même confession publique, la même expiation par

---

* Dans Sénèque, Phèdre, en avouant son crime, ne cherche pas en rejeter la responsabilité sur sa nourrice.

le suicide; comme dans Sénèque c'est la nourrice
qui conseille l'aveu et qui conseille la calomnie. La
seule différence est qu'au moment de l'aveu on croit
Thésée mort, et dès lors, comme l'insinue Œnone,
la flamme de Phèdre n'est plus une flamme adulté-
rine, incestueuse, c'est presque une flamme ordinaire. Est-ce la peine de remarquer que Phèdre met
fin à ses jours par le poison et non par le fer, comme
chez Sénèque? A Euripide Racine emprunte ses plus
beaux coups de pinceau dans l'expression des sentiments et des idées, mais surtout la superbe scène
où Phèdre se laisse arracher par sa nourrice l'aveu
de son coupable amour. Le fatal duel de paroles
entre Hippolyte et Thésée est aussi pris d'Euripide.
Alors Racine n'aurait fait que traduire ou imiter
ses devanciers? Non, il a imaginé le personnage
d'Aricie, qui aime Hippolyte et qui en est aimée;
Hippolyte... n'est plus Hippolyte; Phèdre est
jalouse.

Voilà qui est nouveau et qui mérite examen.
Disons de suite que la jalousie de Phèdre a inspiré
à Racine ses plus beaux vers :

Ils s'aiment, par quel charme ont-ils trompé mes yeux?
Comment se sont-ils vus? Depuis quand, dans quels
                                              [lieux?
Tu le savais....

Cette apostrophe est justement célèbre, mais nous sommes bien loin de la donnée primitive et de la vérité antique des caractères.

Ce que nous admirons dans Euripide, c'est le contraste de la plus impudique et de la plus perfide des femmes avec l'homme le plus chaste et le plus candide *. Que cette femme aime précisément cet homme insensible de la passion la plus folle et la plus désordonnée, c'est là une conception belle en elle-même et qui plait naturellement à l'esprit, mais c'est aussi une donnée dramatique du plus haut intérêt et je dirai presque amusante, car elle prête satisfaction à cette sorte de malignité qui se cache au fond des âmes les plus honnêtes.

Que maintenant Phèdre, cette incestueuse, cette

---

* Cette délicieuse candeur d'Hippolyte se révèle, dès son entrée en scène, dans l'exquise prière qu'il adresse à Diane, la déesse de son cœur :
« Je t'apporte, ô ma Souveraine, cette couronne que mes mains ont tressée; j'en ai cueilli les fleurs dans une prairie vierge, où le berger n'ose conduire ses troupeaux et que le fer n'a point encore entamée. L'abeille seule y parcourt, au printemps, l'herbe pure de toute atteinte. La pudeur la nourrit de la rosée des sources vives pour en faire jouir celui qui ne doit rien à l'étude, mais qui a appris de la nature la sagesse en toute chose. L'accès en est interdit aux pervers. Reçois donc, d'une main pieuse, ô ma chère Souveraine, cette couronne faite pour orner ta chevelure dorée. Seule entre tous les mortels, j'ai le droit de te l'offrir, car j'habite avec toi, je m'entretiens avec toi, j'entends ta voix, si je n'aperçois pas ton visage. *Puissé-je finir ma vie comme je l'ai commencée !* » Parole profonde, prophétique, et qui résume tout le drame !

adultère, enragée des mépris d'Hippolyte, l'accuse faussement auprès de son père du crime qu'elle voulait commettre et que ce père ajoute foi à l'accusation, et fasse périr son fils de la mort la plus cruelle, n'est-ce pas une des situations les plus tragiques que le génie du poète puisse porter sur le théâtre?

L'aventure d'Hippolyte est affreuse; on ne saurait guère lui comparer que celle d'un soldat brave et loyal, qu'un traître vendu à l'ennemi ferait condamner à sa place comme coupable du plus odieux des forfaits. Ce faux abominable de Phèdre excite d'autant plus l'indignation que celui qui en est victime est l'être le moins capable de commettre l'acte de scélératesse qui lui est reproché. En revanche, faites d'Hippolyte un jeune homme, pareil à tous les jeunes gens, avec des sens éveillés et un cœur sensible, que ce fils qui, dans Euripide, accepte la mort la plus ignominieuse plutôt que de déshonorer, de désoler son père en le détrompant, aime en secret la descendante d'une famille proscrite par Thésée, compliquant ainsi sa désobéissance d'une sorte de crime contre la sûreté de l'État, Hippolyte n'est plus la nature pure et droite qui pousse ces vertus jusqu'au martyre le plus sublime, c'est un amoureux vulgaire dont les malheurs ne touchent que bien faiblement. Nous admirions dans Hippolyte un être d'exception, nous aimions la loyauté de son cœur virginal; il nous apparaissait comme un héros presque divin. Racine a dissipé l'auréole et nous ne sommes plus en présence que d'un Télémaque quelconque, plus fade encore que celui de Fénelon, et d'un épisode de roman qui peut chatouiller l'imagination d'un écolier, mais qui n'a rien de commun avec le grand art et la haute moralité dramatique.

La Phèdre d'Euripide ne devait, ne pouvait pas être jalouse. Ce sentiment qui se suffit à lui-même, qui pourrait seul faire le sujet d'un drame, eût altéré, par une complication inutile et peu conforme au génie des anciens, le caractère singulier de cet amour fatal, allumé par Vénus et dont la fatalité est la seule excuse. La jalousie dans l'état social d'alors ne se comprend guère et ne s'admet que motivée et justifiée en une certaine mesure par les droits antérieurs d'épouse ou d'amante. Médée, Hermione, Déjanire, sont jalouses, Clytemnestre aussi, et Ariane, trop bonne pour se venger. Le curieux dépit que Vénus laisse entrevoir contre Diane, dans le Prologue d'Euripide, n'est pas un effet de l'amour, mais de l'amour-propre blessé. Racine, en accroissant les fureurs de Phèdre de celles de Médée, n'a cependant fait naître cette passion que vers la

fin de la pièce. Ce n'est pas cette jalousie qui déter-
mine l'accusation dont elle eût atténué la bassesse
et l'horreur. C'est plutôt, dans la pensée du poète,
une sorte d'épreuve expiatoire, qui n'apaise pas les
remords de la criminelle, mais qui exaspère et porte
au paroxysme son désespoir et ses fureurs. Ces transports sont dépeints par Garnier, en de belles stro-
phes, placées dans la bouche du chœur, et qui ont
sans doute éveillé l'attention de Racine :

> Qu'une femme que *jalousie*,
> Que haine ou qu'amour ont saisie,
> Est redoutable et que son cœur
> Couve de silleuse rancœur!
> Le trait ensoufré du tonnerre
> Que Jupin darde coleureux,
> Sur une crimineuse terre,
> Ne tombe pas si dangereux!
>
> La mer quand elle escume enflée,
> Du Nord et d'Aquillon soufflée,
> Le feu rongeant une cité,
> Et la guerre qui tout saccage,
> Sont bien à craindre, et, toutefois,
> D'une femme l'horrible rage
> L'est encore plus mille fois!
>
> Comme une menade troublée,
> Hurlant d'une voix redoublée,

Fait, ivre, mille ardents efforts,
Des pieds, des mains, de tout le corps.
Le jour qu'à Bacchus, le bon père,
Portant au poing le tyrse aimé,
Elle va au haut de Cythère
Faire l'orgie accoutumé;

Celle-là forcène en la sorte,
Voire d'une fureur plus forte.
Qui dédaignée en son amour,
Porte au cœur la haine à son tour :
Elle ne brasse que vengeance,
La vengeance la joint toujours,
Et quoi qu'elle discoure et pense,
Ce ne sont que sanglants discours.

Elle tourne et retourne en elle
Mainte mensongère cautelle;
Ardent de venger son refus,
Son esprit regarde, confus,
Entre mille ruses fardées,
Et là péchant abondamment,
Y prend, les ayant regardées,
La meilleure à son jugement.

Puis fausse, sous un faux visage,
Vomit le fiel de son courage,
Plus mortel que n'est le venin
De quelque serpent Getulin,

De voix, de soupirs et de larmes,
Couvre coupable son forfait,
Et, avecques les mêmes armes,
De son ennemi se défait.

La Phèdre de Racine est bien cette femme, saisie de rage et de jalousie, cette ménade forcenée, aux sanglants discours, dont la vengeance poursuit, comme un ennemi, l'homme qui dédaigne son amour.

Mais cette sorte de furie, dont Sénèque avait tracé la première esquisse, ne ressemble presque en rien à la Phèdre de la fable, la reine intelligente et orgueilleuse, sentimentale et sensuelle, qui, éprise d'Hippolyte, le regardait de la Catascopia *, lorsqu'il se livrait aux exercices du gymnase, et pour soulager sa passion perçait d'une aiguille à cheveux les feuilles d'un myrthe qui se trouvait à portée de sa main; cette femme astucieuse et timide qui se laisse arracher son aveu par sa nourrice, l'amène sournoisement à se faire son entremetteuse auprès d'Hippolyte **, et qui, dédaignée par lui, ourdit savam-

* Pausanias (description de Troezene) : « Vers l'autre partie de l'enceinte est un stade qui porte le nom d'Hippolyte et au-dessus duquel est élevé le temple de Vénus, surnommé Catascopia (qui observe), parce que c'était de là que Phèdre, déjà éprise d'Hippolyte, le regardait lorsqu'il se livrait aux exercices du gymnase ».
** Euripide (Hippolyte). Phèdre : « Je tremble que tu ne te montres trop habile? » — La nourrice: « Mais que crains-tu? » — Phèdre : « Que tu ne révèles quelque chose au fils de Thésée ».

ment le noir artifice qui vengera son orgueil humilié, en la sauvant de la honte et du déshonneur.

Le caractère de la nourrice, dans Euripide, n'est pas moins bien traité que celui de Phèdre. Comme elle a les idées et le langage d'une femme de sa condition !

Dès ses premiers mots : « Que ferai-je, que ne ferai-je pas pour toi? » on reconnaît la servante dévouée jusqu'à la mort et qui ne reculera devant aucun moyen pour sauver sa maîtresse.

« Mieux vaut souffrir que soigner ceux qui souffrent. Le malade ne souffre que de son mal; à le servir, il y a peine pour le cœur et fatigue pour le corps. Qu'un seul être souffre pour deux comme je souffre pour elle, c'est un fardeau insupportable. »

Et après qu'elle a arraché à Phèdre le fatal secret, comme elle prend le parti de sa passion, comme elle entre dans ses désirs par ces mots inimitables de vérité familière et de rude franchise : « Ce ne sont pas de beaux discours qu'il te faut, c'est l'homme que tu aimes ».

Et quand Hippolyte a repoussé avec mépris ses imprudents aveux, quand Phèdre l'accable de reproches, et de malédictions, elle semble ne pas l'entendre et s'oublie elle-même, pour ne songer qu'aux moyens de réparer le mauvais succès d'une entreprise dont

4

elle s'accuse seule et se rend seule responsable.

C'est sans doute par allusion à ce portrait génial qu'Aristote, comparant les tragiques grecs, comme on a comparé depuis Corneille et Racine, a pu dire que « si Sophocle peignait les hommes tels qu'ils devraient être, Euripide les peint tels qu'ils sont ». Au lecteur aussi de comparer le personnage de la nourrice dans Euripide et celui d'Œnone dans Racine; à lui de décider qui, de l'ancien ou du moderne, a le mieux imité la nature et s'est le plus rapproché de la vérité dramatique.

Le fameux récit de Théramène prêterait aux mêmes comparaisons. Il est beaucoup plus pompeux chez Racine que chez Euripide. Le vers si connu :

Le flot qui l'apporta recule épouvanté.

n'a pas son équivalent dans le poète grec. Il paraît plutôt imité de Sénèque, aussi solennel et déclamatoire que Racine et qui fait dire au vieux serviteur :

Inhorruit concussus undarum globus.

On le voit, c'est presque la même image.

Ce récit, dans la donnée d'Euripide, qui fait d'Hippolyte le héros de son drame, est le morceau capital de la pièce et le poète restait dans la logique de l'action en insistant sur les moindres détails; dans la donnée de Sénèque et de Racine, où Phèdre est au premier plan, il eût fallu glisser, au lieu d'appuyer, et remplacer par quelques mots vifs et naturels cette longue page de rhétorique.

Le caractère de Thésée est aussi curieux à étudier dans Euripide. Il est emporté, violent, mais bon et humain. Il fait éclater des transports de douleur, à la nouvelle du suicide de cette Phèdre qui le trompe, comme elle a trompé Ariane. S'il maudit Hippolyte, c'est dans le premier moment de colère, après la lecture des fatales tablettes. Dans la pièce de Racine, un acte s'est écoulé depuis l'arrivée de Thésée, et Thésée a déjà jeté tout son feu avec OEnone. Dans la pièce d'Euripide, quand Thésée apprend son affreuse erreur, il est désespéré et sa tendresse se réveille avec une sorte de frénésie : « Que fais-tu de moi, malheureux père!... Que ne puis-je mourir à ta place, mon enfant! » Le Thésée de Racine a de froides paroles, dans le ton académique :

Allons! de mon erreur, hélas! trop éclaircis,...
Rendons-lui les honneurs qu'il a trop mérités.... *

---

* Corneille :
Tes desseins par l'effet n'étaient que trop punis.

Le vieil Horace, le père du Cid, dans Corneille, ont d'autres accents'

Il y a dans chaque pièce d'Euripide des discours où le pour et le contre sont soutenus avec une piquante ingéniosité. On se croirait dans l'assemblée du peuple. Sans doute le poète, qui connaissait le goût de ses auditeurs, voyait là un moyen de leur plaire. Mais ces harangues nous paraissent souvent déplacées. Parfois même, comme dans *Electre*, elles ralentissent l'action. Hippolyte aussi plaide sa cause devant son père et Thésée, à la fois juge et partie, rend, sans le savoir, une sentence inique. Ici du moins, cette éloquence est à sa place, bien que l'art du rhéteur s'y fasse trop sentir. Cette scène, chez Racine, bien qu'imitée d'Euripide, a plus de naturel et elle est rendue dans un style moins oratoire.

Si la pièce de Racine étincelle de beaux vers, sa préface, curieuse par l'hommage à Port-Royal, n'est qu'une suite de réflexions plutôt puériles et qu'on s'étonne de rencontrer chez un si fin psychologue. Qu'importe, par exemple, qu'il ait respecté la fable, dans certains détails rapportés par des auteurs de décadence, s'il a profondément modifié et altéré les caractères et la marche du drame.

Qu'importe aussi que Phèdre accuse Hippolyte d'avoir perpétré le viol ou seulement d'en avoir eu le dessein! Si la *confusion* de Thésée est moins grande, sa malédiction est moins justifiée. Dans la pièce d'Euripide, Hippolyte n'est pas seulement coupable de viol et d'inceste; aux yeux de Thésée, il est aussi l'auteur de la mort de Phèdre.

Racine a cru que la calomnie avait quelque chose de trop noir pour la mettre dans la bouche d'une « princesse qui a d'ailleurs des sentiments si nobles et si vertueux ». Il faut retenir ce portrait flatteur de Phèdre et reconnaître en même temps que de pareilles inventions, si artificieusement ourdies, n'entrent guère d'ordinaire dans la pensée d'une femme du peuple; les grands, les courtisans sont plus experts en ces sortes de mensonges et de perfidies. En vérité, le poète affecte trop les sentiments d'un gentilhomme; il a rendu trop d'hommages à la Montespan.

Racine croit-il vraiment rendre sa Phèdre moins coupable en ne lui dictant sa déclaration à Hippolyte qu'après la fausse nouvelle de la mort de Thésée? S'il fallait prendre ce prétexte tout à fait au sérieux, Phèdre ne serait plus adultère, même en pensée, et il n'y aurait plus de pièce; mais Racine n'a-t-il pas remarqué que son invention allait à l'en-

* Préface de Phèdre : « J'ai voulu éviter à Thésée une confusion qui l'aurait pu rendre moins agréable aux spectateurs ».

4.

contre même du but qu'il avait en vue; et que cette
veuve d'un jour, ou plutôt d'une heure, courant
s'offrir à Hippolyte sur la tombe de son père, se
montrait incestueuse jusque dans son deuil?

Racine, en embellissant la figure de Phèdre, si
odieuse dans l'original d'Euripide, a plutôt fait preuve
d'une certaine impuissance artistique. Il est plus
aisé de plaire par de gracieux portraits que par de
repoussantes images. Le triomphe de l'art, dans
son œuvre de haute moralité, est de peindre le
mal sous ses véritables traits, et d'en faire accepter
la représentation, non par des atténuations adroites
et d'agréables vernis, mais par la franchise du
coloris et la sévère sobriété des lignes et du dessin.

Il nous reste à dire quelques mots de la Phèdre de
Pradon.

Comme chez Racine, Aricie et Hippolyte s'aiment.

Mais chez Pradon, Aricie est la confidente de
Phèdre.

Hippolyte veut s'éloigner, car il a deviné la passion de Phèdre.

Phèdre ne fait pas à Hippolyte un aveu positif;
avant l'arrivée de Thésée, elle lui laisse seulement
entrevoir son penchant.

Le mariage de Phèdre et de Thésée n'est pas
encore accompli, la cérémonie ne doit se faire qu'au

retour de Thésée, et après ce retour, Phèdre cherchera par tous les moyens à différer son hymen *,

Thésée, prévenu par un oracle, voyant l'émotion d'Hippolyte en présence de Phèdre et d'Aricie, attribue ce trouble à un amour coupable pour sa fiancée **.

Il en parle à Phèdre et lui annonce qu'il va obliger Hippolyte à épouser Aricie. Phèdre, qui soupçonne déjà l'amour partagé des jeunes gens,

En parlant pour la gloire il parlait faiblement,
Et contre l'amour même il parlait tendrement,

Phèdre propose à Thésée de faire elle-même à Hippolyte l'ouverture du mariage. Pour sonder les sentiments d'Hippolyte, elle lui dit qu'elle a l'intention de marier son propre frère à Aricie. Émotion d'Hippolyte qui avoue son amour pour Aricie et déclare qu'il s'opposera de tout son pouvoir à l'union projetée. Colère de Phèdre, qui lui fait part de sa passion et le menace de perdre Aricie s'il ne renonce pas à elle.

Je connais ton secret, ingrat, apprends le mien...

Thésée est frappé de l'attitude singulière d'Hip-

* J'ai voulu voir Thésée et n'ai vu qu'Hippolyte.
Phèdre le vit partir (Thésée) et le vit sans regret...
Et l'on prend de l'amour lorsqu'on croit en donner.

** J'ai lu dans ses regards sa téméraire flamme.

polyte et de Phèdre après cette entrevue et du refus
d'Hippolyte d'épouser Aricie, qu'il attribue à son
amour pour Phèdre.

Phèdre, interrogé par Thésée, lui laisse croire
qu'Hippolyte lui a fait de honteuses propositions.

Je soupire de rage et mon cœur offensé
Tremble pour l'avenir et frémit du passé.

Entre temps elle fait arrêter Aricie, avec l'intention
de se venger d'elle.

Hippolyte, informé de ces mesures, cherche à
fléchir Phèdre par des menaces et des supplications :

Dites, répondez-moi, qu'a-t-on fait d'Aricie ?
— Vous devriez me parler avec moins de fierté,
Prince, pour votre honneur et pour sa sûreté.

Thésée trouve son fils aux genoux de Phèdre et le
maudit. Vaine intervention de Phèdre pour le sauver.

Phèdre, touchée de remords, a fait relâcher Aricie
celle-ci s'imagine que sa liberté est le prix de la faiblesse d'Hippolyte qui renonce à elle*. Thésée vient

---

*Le dirai-je, Cléone, à sa fureur en proie.
Je sentais dans mon cœur une secrète joie.
Dans ses plus vifs transports de douleur et de rage,
Je voyais mon bonheur écrit sur son visage ;
Je mourais, il est vrai, mais je mourais aimée.
Et pour se consoler dans de plus grands malheurs,
On voit avec plaisir une rivale en pleurs....
D'Hippolyte inconstant serais-je moins aimée ?

lui apprendre qu'il a chassé Hippolyte qui aime Phèdre et qui a refusé de l'épouser, elle Aricie.

Il n'aime le plaisir qu'assaisonné de crime.

Aricie, en larmes, lui fait part de la tendresse que lui témoignait autrefois Hippolyte. Thésée, en l'écoutant, s'épouvante à l'idée qu'il a pu se méprendre sur les sentiments de son fils*. Il veut le faire rappeler. Sur ces entrefaites, on annonce que Phèdre est partie, à la poursuite d'Hippolyte; Aricie et Thésée s'affligent tous deux à la pensée que Phèdre et Hippolyte sont d'accord. Thésée confirme ses imprécations.

Hippolyte innocent ou Phèdre criminelle...
Hélas! de quel côté que paraisse le crime.
Il n'offre à ma fureur qu'une chère victime!
Ah! madame, je n'ose emprunter des clartés.
Je cherche de l'erreur et des obscurités.

Arrivée du messager qui annonce la mort tragique d'Hippolyte et celle de Phèdre, qui s'est tuée sur le corps de celui qu'elle aimait.

Le prince ouvre les yeux et, d'un regard mourant,
Il cherche la princesse (Aricie) encore en soupirant,
Il ne trouve que Phèdre et sa triste paupière
Se ferme et pour jamais refuse la lumière.

* Vous me rendez l'effroi que je vous ai donné.

Aricie veut aussi se donner la mort. Thésée l'en empêche.

C'en est trop, Dieux cruels, vous êtes obéis!

C'est sur ce cri du malheureux père que la pièce se termine. Il nous faut reconnaître que l'action suit un cours logique et que l'émotion va en grandissant sans cesse jusqu'au dénouement. Le caractère d'Hippolyte est tracé avec plus de relief que chez Racine et son commerce amoureux avec Aricie offre plus de charme et d'intérêt et s'exprime en termes, aussi maniérés sans doute, mais moins fades et mieux sentis. Ils échangent sur un ton d'une élégance trop peu soutenue, mais où ne manquent ni la douceur, ni le naturel, ni l'agrément, ces riens délicieux que les amants se plaisent tant à répéter pour se convaincre de la réalité et de l'ardeur de leurs sentiments.

Que feriez-vous, seigneur, si Thésée était mort?
— Je vous couronnerais, madame, dans Trézène,
Aux yeux de Phèdre même! — Ah! redoutez sa haine!

En revanche, il nous semble que les soupçons de Thésée, malgré l'avertissement de l'oracle, ne sont pas assez motivés. Il est aussi difficile d'admettre que Phèdre, étrangère à Trézène et qui n'est pas encore la femme de Thésée, ait pu s'assurer de la personne d'Aricie, surtout depuis le retour du roi.

D'autre part, une amante comme Aricie aurait dû pénétrer les véritables sentiments de Phèdre. Elle en convient d'ailleurs elle-même, en ces termes charmants :

C'était moi qui devais être plus pénétrante...
Et sans crime l'amour ne pouvait s'y méprendre.

Il est vrai qu'une âme si bonne et si honnête ne devait pas aisément soupçonner cette passion criminelle et contre nature.

Racine, dans sa Préface, s'attache à démontrer qu'il s'est « très scrupuleusement attaché à suivre la fable et qu'il a tâché de conserver la vraisemblance de l'histoire ». Pradon, dans sa dédicace à madame de Bouillon, avoue qu'Hippolyte, dans sa pièce, « paraît dépouillé de cette fierté farouche et de cette insensibilité qui lui était si naturelle... Si les anciens nous l'ont décrit comme il était à Trézène, du moins il paraîtra comme il a dû l'être à Paris... le jeune héros aurait mauvaise grâce de venir tout hérissé des épines du Grec dans une cour aussi galante. »

Il y a dans cet aveu une incontestable franchise; et, sans comparer le mérite poétique des deux œuvres, il est permis de soutenir que l'idée d'une

Phèdre toute française et d'un Hippolyte tout français, est peut-être aussi admissible que celle d'un ambigu, mi-païen, mi-chrétien, où l'auteur prétend rester fidèle à la tradition et aux mœurs rudes des anciens, tout en s'accommodant au goût des modernes et d'une société plus policée. Certains caractères généraux sont de tous les temps. Mais les différences qui séparent la civilisation antique de la nôtre sont trop grandes pour qu'il soit possible d'adapter avec une vraisemblance suffisante des histoires anciennes sur un théâtre contemporain et pour y faire parler les héros d'Homère avec le naturel qui est une des premières conditions de l'art dramatique. Il nous souvient d'avoir entendu Victor Hugo appeler le xviie siècle un *musée des copies* et, le dos à la cheminée, s'amuser à développer cette thèse. La définition paraîtra d'une raideur trop inflexible. Mais si graves qu'aient été les exagérations, les lacunes, et les illusions de l'*Ecole romantique*, elle n'a pas moins rendu à notre théâtre un service immense, en le ramenant, bien qu'avec maladresse et gaucherie, à l'observation directe de la nature et en le délivrant des sujets grecs et latins.

Par malheur, un élément manquera toujours à nos comparaisons, celui de la forme. Ah! le style de Racine, nous le goûtons, nous l'adorons! mais celui d'Euripide, qu'en dire? qu'en penser? Nous n'aurons jamais qu'une idée imparfaite des langues mortes. La musique du vers, l'accent, ces délicates et fines assonances, ces alliances de mots, d'une claire fraîcheur, qui distinguent la poésie de la prose et lui prêtent son plus grand charme, tout cela nous échappe et ne peut être ni compris, ni perçu, ni deviné par nous comme le sens d'une phrase, la couleur d'une image ou la nuance d'une pensée; il faut nous contenter de recueillir les témoignages contemporains ou l'avis d'écrivains postérieurs, encore initiés aux beautés du style hellénique. Longin n'était sans doute qu'un critique médiocre, mais il savait le grec. Il cite ce passage de l'*Hercule* d'Euripide :

Tant de maux à la fois sont entrés dans mon âme,
Que je n'y puis loger de nouvelles douleurs.

Et il remarque : « Cette pensée est fort triviale, mais le poète la rend noble par le tour, qui a je ne sais quoi de doux et d'harmonieux. Et certes, pour peu que vous renversiez l'ordre de la période, vous vous rendrez compte combien Euripide est plus heureux dans l'arrangement des mots que dans le sens des pensées ».

Ailleurs le même critique reconnaît qu'Euripide a fort bien réussi à peindre « l'amour et ses fureurs ».

Aristophane n'a jamais passé pour un flatteur d'Euripide. Voici cependant le jugement qu'il semble en porter dans le dialogue où Eschyle et Euripide se disputent la palme de la tragédie :

ESCHYLE

Voyons, ennemi des dieux, dis-nous ce que tu as fait !

EURIPIDE

Je leur ai appris (aux personnages) *à bien parler*.

ESCHYLE

J'en conviens, mais que n'es-tu mort auparavant ?

EURIPIDE

Je leur ai montré l'usage des règles les plus raffinées, les labyrinthes de l'expression, l'art d'observer, de manier l'acteur....

ESCHYLE

J'en conviens !

Contentons-nous de ces extraits de la comédie des *Grenouilles*, car il n'est pas question ici de porter un jugement d'ensemble sur l'œuvre et le génie d'Euripide. Il résulte bien de ce passage que les pires adversaires du poète lui reconnaissaient au moins le mérite de la forme.

C'est ce prestige qui le rendait sans doute dangereux aux yeux de l'envie ou même des défenseurs
sincères de la tradition. L'ami de Socrate, celui
qu'Aristophane appelle *l'ennemi des Dieux* (et non
peut-être sans raison)*, n'eût pas songé, comme
notre poète janséniste, à réconcilier la tragédie
« avec quantité de personnes célèbres par leur piété
et par leur doctrine ». Le plus noble effort de l'art
est d'embrasser, comme la science, la vérité tout
entière; et l'artiste ne peut, ni tendre pleinement,
ni même aspirer librement à ce but idéal, qu'à la
condition de conserver son indépendance vis-à-vis
de ceux qui se plaisent à confiner leur âme dans
des observances étroites et particulières. C'est ce
que Racine, revenu aux croyances austères de son
enfance, pourrait bien avoir compris lui-même,
lorsque, jeune encore, couvert de gloire, et dans la
pleine maturité de son génie, il abandonna le théâtre
pour accepter les fonctions d'historiographe du roi.
Euripide avait fait dire à son Hippolyte : « Ce qu'on
peut souhaiter de mieux, c'est de voir figurer à son
foyer une femme nulle et inoffensive par sa simpli-

---

* Euripide (*Hécube*) : « O Jupiter, que croire? Est-il vrai que
tu as les yeux sur les mortels ou bien est-ce à tort ou sans raison
que nous croyons à l'existence des Dieux et le hasard préside-t-il
à toutes les affaires des hommes? » Nous avons choisi ce passage
parmi beaucoup d'autres.

cité. Je hais la savante et je souhaite de n'avoir
jamais une épouse dont les idées aillent au delà de
ce qui sied à son sexe. Ce sont les savantes que
Vénus pervertit de préférence, tandis que la femme
dont l'esprit est borné ne forme pas d'impudiques
désirs. » Il semble que Racine ait profité de ces
leçons, et qu'il ait délivré son âme de l'amour, à
l'heure même où il en décrivait toutes les fureurs.
Obligé de mener une vie opulente, conforme à sa
nouvelle situation, il n'épousa pas une « princesse »
bourgeoise, mais une ménagère pieusement igno-
rante, et dont la fortune compensait la laideur.
Libre désormais de préoccupations d'intérêt et de
passions serviles, il put se consacrer tout entier à
ses devoirs de chrétien et de courtisan.

NOTES

Note 1, page 11.

« Les muses enchantèrent d'abord le grand Jupiter, ensuite l'immortelle Thétis et Pélée que la voluptueuse Crétéis Hippolyte s'efforça de faire tomber dans ses pièges adultères. Cette princesse, à l'aide de la plus noire calomnie, persuada au roi des Magnésiens, son époux, que Pélée avait osé attenter à la sainteté de sa couche nuptiale.

« Mensonge impudent ! Elle-même, au contraire, avait osé provoquer le jeune héros, qui repoussa ses offres séduisantes et craignit d'encourir la colère de Jupiter, protecteur de l'hospitalité. » Cette légende, qu'on retrouve partout en Orient, ne semble s'être formée que peu à peu et n'avoir atteint sa forme idéale que dans l'aventure d'Hippolyte.

Note 2, page 16.

Racine et Boileau voulurent empêcher l'impression de la pièce de Pradon ; de notre temps aussi, malheureusement, les plus grands, les plus nobles génies ne sont pas exempts de ces petitesses, s'il faut s'en rapporter à une lettre (inédite) d'Alexandre Dumas père à Dommange :

« Maintenant une de mes raisons les plus sérieuses pour ne point passer en ce moment-ci, et que je vous dis sur une feuille séparée et pour cause, est, qu'au théâtre, Hugo est le plus mauvais voisin que je connaisse, capable de tout pour débarrasser sa pièce d'une concurrence et qui, s'il ne me fait pas siffler, me fera éreinter par trois ou quatre journaux dont il dispose. »

EXTRAITS ET COMPARAISONS

RACINE et EURIPIDE

. La reine touche presque à son terme fatal,
En vain à l'observer jour et nuit je m'attache,
Elle meurt dans mes bras d'un mal qu'elle me cache.

. La malheureuse Phèdre, gémissante et percée des
traits de l'amour dépérit en silence sans que personne de la maison ait connaissance du mal qui la
tue.

La malheureuse atteinte d'un mal secret veut hâter
le terme de sa vie.

A. Son chagrin inquiet l'arrache de son lit.

E. Son lit de douleur est maintenant hors du palais.

A. Mes yeux sont éblouis du jour que je revoi,
Et mes genoux tremblants se dérobent sous moi.

E. Le nuage qui voilait sa face est encore obscurci.
Soulevez mon corps, redressez ma tête, je sens mes
membres se dissoudre, mes amies.

RA. Que ces vains ornements, que ces voiles me pèsent!
Quelle importune main, en formant tous ces nœuds,
A pris soin sur mon front d'assembler mes cheveux?

EU. Que ce voile est pesant sur mon front! Ote-le, laisse
flotter mes cheveux sur mes épaules!

RA. Dieu! que ne suis-je assise à l'ombre des forêts!
Quand pourrai-je, au travers d'une noble poussière,
Suivre de l'œil un char fuyant dans la carrière!

EU. Que ne puis-je, couchée à l'ombre des peupliers, me
reposer dans une prairie touffue!... Diane, que ne
suis-je dans les plaines qui te sont consacrées, occupée
à dompter les poulains vénètes?

RA. Quoi, madame?

EU. O mon enfant, que dis-tu? garde-toi de tenir devant
la foule ce langage insensé!

RA. Insensée, où suis-je et qu'ai-je dit?
Où laissé-je égarer mon cœur et mon esprit[1]!
Je l'ai perdu! les dieux m'en ont ravi l'usage.
OEnone, la rougeur me couvre le visage.
Je te laisse trop voir mes honteuses douleurs,
Et mes yeux malgré moi se remplissent de pleurs.

EU. Malheureuse, qu'ai-je fait[2]? où ai-je laissé égarer ma

1. Corneille :
A quelle folle erreur me laissé-je emporter?

Racine :
Que fais-je? où ma raison se va-t-elle égarer?

raison? J'ai perdu l'esprit. J'ai subi l'influence d'une divinité cruelle.

J'ai honte des paroles que j'ai prononcées. Cache-moi, les larmes me coulent des yeux et le rouge me monte au visage.

Et le jour a trois fois chassé la nuit obscure [1],
Depuis que votre corps languit sans nourriture,
A quel affreux dessein vous laissez-vous tenter?

Depuis trois jours, dit-on, le fruit de Cérès n'a point approché de sa bouche et la malheureuse atteinte d'un mal secret veut hâter le terme d'une vie misérable.

Ah! s'il vous faut rougir, rougissez d'un silence
Qui de vos maux encore aigrit la violence.
Rebelle à tous nos soins, sourde à tous nos discours,
Voulez-vous sans pitié laisser finir vos jours?
De quel droit sur vous-même osez-vous attenter?
Vous offensez les dieux auteurs de votre vie,
Vous trahissez l'époux à qui la foi vous lie,
Vous trahissez enfin vos enfants malheureux,
Que vous précipitez sous un joug rigoureux [2].
Songez qu'un même jour leur ravira leur mère,
Et rendra l'espérance au fils de l'étrangère,

1. Garnier :
        Et le jour repoussant les ombres de la nuit.
2. Corneille :
        Garantir mes enfants d'un exil rigoureux.

A ce fier ennemi[1] de vous, de votre sang,
Ce fils qu'une amazone a porté dans son flanc,
Cet Hippolyte...

EU.   Il a beau l'interroger, elle ne veut rien dire.... Voilà
trois jours qu'elle ne prend aucun aliment. Elle veut
mourir et jeûne jusqu'à ce qu'elle soit débarrassée de
la vie. Sois donc plus sourde à nos paroles que les
flots de la mer!... Sache toutefois que si tu meurs tu
trahiras tes enfants, et les chasseras de la maison
paternelle, j'en atteste cette reine des amazones qui
a donné un maître à tes enfants, ce bâtard dont les
sentiments sont dignes d'un fils légitime, tu le connais
bien, Hippolyte....

RA.   Ah dieux!
EU.   Hélas!

RA.   Ce reproche vous touche.
EU.   Ce reproche te touche.

RA.   Malheureuse, quel nom est sorti de ta bouche?
EU.   Tu me fais mourir, nourrice, je t'en supplie au
nom des dieux, ne me parle pas de cet homme.

RA.   Eh bien! votre colère éclate avec raison...
J'aime à vous voir frémir à ce funeste nom.

1. Ronsard :
              Entre les mains de ses fiers ennemis.

Vivez donc, que l'amour, le devoir vous excite;
Vivez, ne souffrez pas que ce fils d'une Scythe
Accablant vos enfants d'un empire odieux. [Dieux.
Commande au plus beau sang de la Grèce et des

EU. Vois, tu es dans ton bon sens, et malgré cela tu
refuses de servir tes enfants en conservant tes jours!

RA. Vos mains n'ont point trempé dans le sang innocent.

EU. Tes mains, ma fille, sont pures de sang.

RA. Grâces au ciel, mes mains ne sont point criminelles.
Plût aux Dieux que mon cœur fût innocent comme elles!

EU. Mes mains sont pures, mais mon cœur est souillé!

RA. Quel fruit espères-tu de tant de violence!

EU. Que fais-tu? Pourquoi me faire violence en me saisissant la main?

RA. Par vos faibles genoux que je tiens embrassés.

EU. Je ne lâcherai pas non plus tes genoux.

RA. Tu le veux, lève-toi!

EU. Tu seras satisfaite! Ta main suppliante est sacrée
pour moi.

RA. Parlez, je vous écoute.

EU. C'est à toi maintenant de parler.

RA. O haine de Vénus, ô fatale colère,
Dans quels égarements l'amour jeta ma mère!

6

EU.   O ma mère! O déplorable mère, de quel amour tu
as brûlé!

RA.   Oublions-les, madame, et qu'à tout l'avenir
Un silence éternel cache ce souvenir!

EU.   Mais pourquoi réveiller ce souvenir?

RA.   Ariane, ma sœur, de quel amour blessée,
Vous mourûtes aux bords où vous fûtes laissée[1]?

EU.   O sœur infortunée! épouse de Bacchus!

RA.   Que faites-vous, madame, et quel mortel ennui
Contre tout votre sang vous anime aujourd'hui?

EU.   Ma fille! que fais-tu, tu insultes ta famille!

RA.   Puisque Vénus le veut, de ce sang déplorable,
Je péris la dernière et la plus misérable[2].

EU.   Et moi la troisième dans quel abîme de maux suis-je
tombée?

RA.   Ciel! que vais-je lui dire et par où commencer?

EU.   Hélas! comment me diras-tu ce qu'il faut que je dise?

RA.   Aimez-vous? — De l'amour j'ai toutes les fureurs :

EU.   Quel est ce sentiment qu'on appelle amour chez les
mortels? — Le plus doux, ma fille, et le plus amer en
même temps. — Moi, je n'en ai éprouvé que l'amertume.

1. Ronsard :
        Quand sur le bord de Die Ariane laissée.
2. Sophocle (*Antigone*) :
« La dernière de ma famille et la plus misérable, je descends dans les enfers. »

ΙΑ. Pourquoi?

ΙC.   Que veux-tu dire, tu aimes, et qui?

ΙΑ. Tu connais ce fils de l'amazone?

ΙC.   Le fils de l'amazone, quel qu'il soit après tout!...

ΙΑ. Hippolyte! grand Dieu!

ΙC.   Hippolyte, dis-tu?

ΙΑ. C'est toi qui l'a nommé!

ΙC.   C'est toi qui l'a nommé, non pas moi!

ΙΑ. Juste ciel!

ΙC.   Ciel! qu'entends-je!

Α. Je lui bâtis un temple (à Vénus).

ΙC.   Avant de venir à Trézène elle fonda sur la roche
même de Pallas un temple à Vénus.

Α. Je reconnais Vénus et ses feux redoutables,
Du sang qu'elle poursuit tourments inévitables [1].

ΙC.   Vénus est irrésistible lorsqu'elle nous attaque avec
violence.

. J'ai conçu pour mon crime une juste terreur,
J'ai pris la vie en haine et ma flamme en horreur.
Je voulais en mourant prendre soin de ma gloire,
Et dérober aux yeux une flamme si noire.
Je n'ai pu soutenir tes larmes, tes combats.

1. Corneille :
    Et porte jusqu'au cœur d'inévitables coups.

EU.   Enfin, comme en dépit de mes efforts, je ne parvenais pas à vaincre Vénus, il me sembla que le meilleur parti était de mourir. Puisse ma gloire éclater à tous les yeux et ma honte n'avoir pas de témoins!... D'ailleurs je connaissais l'infamie de ma passion.

RA.   Hé! repoussez, madame, une injuste terreur,
Regardez d'un autre œil une excusable erreur!
Vous aimez. On ne peut vaincre sa destinée,
Par un charme fatal vous fûtes entraînée,
Est-ce donc un prodige inouï parmi nous?
L'amour n'a-t-il encor triomphé que de vous?
La faiblesse aux humains n'est que trop naturelle;
Mortelle, subissez le sort d'une mortelle.
Vous vous plaignez d'un joug imposé dès longtemps.
Les Dieux mêmes, les dieux de l'Olympe habitants,
Qui d'un bruit si terrible épouvantent les crimes,
Ont brûlé quelquefois de feux illégitimes.

EU.   Maîtresse, ton malheur m'a causé tout à l'heure, il est vrai, un effroi subit et terrible... mais je fais réflexion maintenant que j'avais tort.... Et de fait il ne t'est rien arrivé de singulier ou d'extraordinaire; le courroux d'une déesse s'est appesanti sur toi. Tu aimes, faut-il s'en étonner? Tu as cela de commun avec bien des mortels. Et tu irais, à cause de cet amour, renoncer à la vie?... Jupiter brûla jadis pour Sémélé... l'Aurore enleva Céphale, dont elle était éprise, et cependant ils habitent dans le ciel et ne craignent pas l'abord des dieux. Mais ils cèdent docilement à leur destinée. Et toi tu ne te soumettras pas à la tienne!

RA. Hippolyte, endurci par de sauvages lois,
Entend parler d'amour pour la première fois.

E. Hippolyte repousse l'amour et fuit le mariage.

RA. Mon époux va paraître et son fils avec lui!
Je verrai le témoin de ma flamme adultère
Observer de quel front j'ose aborder son père!

E. J'observerai avec mon père de quel front vous l'aborderez toi et ta maîtresse.

A. Je sais mes perfidies,
OEnone, et ne suis point de ces femmes hardies
Qui, goûtant dans le crime une tranquille paix,
Ont su se faire un front qui ne rougit jamais.

E. Je hais également les femmes modestes dans leur langage, honteusement hardies dans le secret. De quel front regardent-elles en face leur époux?

A. Tremblante comme vous je sens quelques remords,
Mais puisque je vous perds sans ce triste remède,
Votre vie est pour moi d'un prix à qui tout cède...
Je servais à regret ses desseins amoureux [1].

U. Si ta vie ne courait pas les plus grands dangers et que ta raison ne fût pas égarée, je ne t'aurais jamais

1. Alexandre Hardy :
   Pourrait bien ruiner cet amoureux dessein.

6.

entraînée jusque-là, pour satisfaire tes désirs amoureux. Maintenant il s'agit de sauver tes jours et ma conduite est à l'abri du blâme.

RA. Qu'entends-je, quels conseils ose-t-on me donner?
Ainsi donc jusqu'au bout tu veux m'empoisonner[1]?

EU. Ah! l'abominable langage! Ferme ta bouche et mets un terme à tes honteux discours!

RA. Détestables flatteurs, présent le plus funeste
Que puisse faire aux rois la vengeance céleste!

EU. Ce qui ruine les États les mieux constitués, ce qui perd les familles, ce sont les discours décevants. Il ne faut point parler pour charmer nos oreilles, mais pour nous exciter à la gloire.

RA. Je ne t'écoute plus, va-t'en, monstre exécrable,
Va, laisse-moi le soin de mon sort déplorable,
Puisse le juste ciel dignement te payer
Et puisse ton supplice à jamais effrayer
Tous ceux qui comme toi, par de lâches adresses,
Des princes malheureux nourrissent les faiblesses.

EU. O malheureuse, fléau de tes amis, où m'as-tu conduite? Que Jupiter, l'auteur de ma race, t'écrase de sa foudre! Puisses-tu périr et périssent comme toi tous ces amis dont le zèle nous prodigue de honteux

1. Alexandre Hardy :
    Qui vous empoisonna le premier de sa vue.

conseils et veut nous servir malgré nous.... Va-t'en, ne
songe plus qu'à toi. Je saurai bien pourvoir moi-même
à ma destinée.

RA. J'ai dit ce que jamais on ne devait entendre.

EU.   Tu as entendu la reine, hélas! tu as recueilli l'aveu de
ces maux déplorables que l'oreille se refuse à croire[1].

RA. Que vois-je, quelle horreur dans ces lieux répandue,
Fait fuir devant mes yeux ma famille éperdue?

EU.   Femmes, que veulent dire les cris dont retentit le
palais? Quoi! j'arrive d'un pieux voyage et nul dans la
maison, en m'ouvrant les portes, ne me salue de
joyeuses paroles.

RA. Tes prières m'ont fait oublier mon devoir.
J'évitais Hippolyte et tu me l'as fait voir.
Malheureuse voilà comme tu m'as perdue[2]...
O douleur non encore éprouvée[3]!

1. Thomas Corneille (*Ariane*) :
    Laissez-moi me cacher que vous m'avez su plaire.
2. Corneille (*Cinna*) :
    Euphorbe, c'est l'effet de tes lâches conseils.
    Mon cœur te résistait et tu l'as combattu,
    Jusqu'à ce que ta fourbe ait souillé sa vertu:
    Il m'en coûte la vie, il m'en coûte la gloire....
    Mon sang leur servira d'assez pure victime.
    Si dans le tien, mon bras justement irrité
    Peut laver le forfait de t'avoir écouté.

3. Arioste (*Roland furieux*, chant XXXIe) : « Cruelle blessure (la
jalousie), que n'égale aucune douleur, qui conduit l'homme du
désespoir à la mort.... Ce qu'elle avait souffert jusque-là n'était
rien en comparaison du chagrin amer que lui cause un événement... ». On sait qu'il est ici question de Bradamante qui croit
Roger infidèle.

EU.   O douleur! de tous les maux que j'ai soufferts,
malheureux que je suis, voici le plus grand!

RA.   Tout ce que j'ai souffert...
N'était qu'un faible essai du tourment que j'endure.

RA.   Où me cacher? fuyons dans la nuit infernale!

EU.   Je veux mourir, malheureux que je suis, et des-
cendre sous la terre dans la nuit infernale.

RA.   Et ne devrait-on pas à des signes certains
Reconnaître le cœur des perfides humains?

EU.   Ah! pourquoi les mortels ne peuvent-ils pas à des
marques certaines reconnaître leurs amis et discerner
leurs sentiments pour savoir qui les aime et qui les
trompe[1]?

RA.   Puis-je vous demandez quel funeste nuage,
Seigneur, a pu troubler votre auguste visage?

EU.   J'ignore la cause de tes gémissements et je voudrais
l'apprendre de ta bouche.

RA.   Perfide, oses-tu bien te montrer devant moi?

EU.   Jetez les yeux sur le perfide!

RA.   Après que le transport d'un amour plein d'horreur
Jusqu'au lit de ton père a porté ta fureur[2].

---

1. Euripide (*Hercule furieux*) : « Aujourd'hui les Dieux ne per-
mettent pas de distinguer par aucune marque certaine les bons
d'avec les méchants ».
2. Corneille :

                    À quel comble d'horreur
      De mes ressentiments peut monter la fureur.

C.   Qui tout né de moi qu'il est, a déshonoré ma couche.

RA.   Tu m'oses présenter une tête ennemie [1]!

EU.   Ose, puisque tu n'as pas reculé devant ce crime, regarder ton père en face!

RA.   Fuis, dis-je, et sans retour précipitant tes pas [2],
De ton horrible aspect purge tous mes États.

EU.   Va-t'en, fuis au plus vite, loin de cette terre, et ne remets les pieds ni dans Athènes fondée par les dieux, ni sur les limites de l'empire soumis à mon sceptre.

RA.   Et toi, Neptune, et toi...
Souviens-toi que, pour prix de mes efforts heureux,
Tu promis d'exaucer le premier de mes vœux.
Je t'implore aujourd'hui, venge un malheureux père.
J'abandonne ce traître à toute ta colère.

EU.   O Neptune, ô mon père, tu m'as promis jadis d'accomplir trois de mes vœux : daigne en exaucer un en faisant périr mon fils, que ce jour soit témoin de son châtiment!

RA.   D'un amour criminel Phèdre accuse Hippolyte!
Un tel excès d'horreur rend mon âme interdite!
Tant de coups imprévus m'accablent à la fois,
Qu'ils m'ôtent la pensée et m'étouffent la voix.

1. Pierre Corneille :
    Ceux que vient de m'ôter une main ennemie.
2. Corneille :
    Qui de ces lieux armés précipita ma fuite.

EU.   Quelqu'un de tes amis m'aurait-il calomnié auprès de toi? Et serais-je soupçonné malgré mon innocence? Non je ne reviens pas de ma surprise et tes discours d'où la raison est bannie me frappent de stupeur.

RA.   Ah! que ton impudence excite mon courroux!
EU.   Ah! que ta feinte vertu me lasse!

RA.   Chargé du crime affreux dont vous me soupçonnez,
Quels amis me plaindraient quand vous m'abandonnez?
EU.   De quel côté tournerai-je mes pas, malheureux que je suis! Sous quel toit hospitalier entrera l'exilé après l'accusation qui pèse sur lui?

RA.   Élevé dans le sein d'une chaste héroïne
Je n'ai point de son sang démenti l'origine.
EU.   Je ne connais l'amour que de nom et en peinture, encore suis-je peu disposé à regarder de pareilles images, car j'ai la virginité de l'âme.

RA.   Par quel affreux serment faut-il vous rassurer?
EU.   Et maintenant, je jure par Jupiter, gardien des serments, et par cette terre qui nous porte.
RA.   Que la terre, le ciel et toute la nature...

EU.   Je te chasserais au delà des mers et des bornes atlantiques, si je pouvais, tant ta personne m'est odieuse.

RA. Fusses-tu par delà les colonnes d'Alcide.
Je me croirais encor trop voisin d'un perfide!

EU. Mais non, quoi que je fasse, je ne persuaderai pas celui qu'il faudrait convaincre.

RA. Eh! quoi, de votre erreur rien ne peut vous tirer!

RA. Va chercher des amis dont l'estime funeste
Honore l'adultère, applaudisse à l'inceste :
Des traîtres, des ingrats, sans honneur et sans loi,
Dignes de protéger un méchant tel que toi!

EU. Va trouver ceux qui se plaisent à accueillir les corrupteurs de femme et les artisans de crimes.

RA. Sors, traître, n'attends pas qu'un père furieux
Te fasse avec opprobre arracher de ces lieux.

EU. (THÉSÉE.) Arrachez-le d'ici, esclaves! — (HIPPOLYTE.)
Malheur à celui d'entre eux qui mettra la main sur moi! A toi, si telle est ton envie, de me chasser de ce pays!

RA. Je te l'avais prédit, mais tu n'as pas voulu.
Sur mes justes remords tes pleurs ont prévalu.
Je mourais ce matin digne d'être pleurée[1].
J'ai suivi tes conseils, je meurs déshonorée!

EU. N'avais-je pas prévu ce que tu voulais? Ne t'avais-je

1. On verra dans le cours de ce travail que Racine répète souvent les mêmes idées, sans doute à cause de la variété des sources où il a puisé ses inspirations.

pas dit de taire ce qui fait maintenant ma honte. Mais tu n'as pu te contenir, et nous mourrons déshonorées!

RA.   Je ne crains que le nom que je laisse après moi;
Pour mes tristes enfants quel affreux héritage!
Le sang de Jupiter doit enfler leur courage [1];
Mais quelque juste orgueil qu'inspire un sang si beau,
Le crime d'une mère est un pesant fardeau.
Je tremble qu'un discours, hélas! trop véritable,
Un jour ne leur reproche une mère coupable;
Je tremble qu'opprimés de ce poids odieux [2],
L'un ni l'autre jamais n'ose lever les yeux.

EU.   Ce qui me décide à mourir, chères amies, c'est la crainte de déshonorer mon époux et les enfants que j'ai mis au monde. Je veux qu'ils vivent dans l'illustre ville d'Athènes, jouissant de leur franc parler et glorieux de leur mère. Un homme, fût-il né plein de courage, n'est plus qu'un esclave dès qu'il a conscience des opprobres de sa mère ou de son père.

RA.   Ni que du fol amour qui trouble ma raison
Ma lâche complaisance ait nourri le poison [3].

1. Corneille :
    Tu vas tâcher pour lui d'amollir son courage.
    — Voyez comme elle s'enfle et d'orgueil et d'audace!

2. Alexandre Hardy :
    De légères douleurs facilement s'expriment,
    Les fortes, sous leur faix, muettes, nous oppriment.

3. Corneille :
    Jason, dans son amour, a trop de complaisance.

EU.   Ensuite je résolus de résister fermement à cet amour et d'en triompher à force de sagesse.

RA. Et dérober au jour une flamme si noire.

EU.   Le jour m'est odieux! la lumière m'est odieuse!

RA. J'ai pris la vie en haine et ma flamme en horreur.

EU.   LA NOURRICE. Je vais rejeter, sacrifier mon corps et me débarrasser par la mort du poids de l'existence.

RA. Par un charme fatal vous fûtes entraînée.

EU.   LA NOURRICE. Les sages, paraît-il, sont entraînés au crime malgré eux et fatalement.

RA. Mais songez sous quel sceau je vous l'ai révélé.

EU.   O mon enfant, ne manque pas à ton serment!

RA. On sait de mes chagrins l'inflexible rigueur.
     Le jour n'est pas plus pur que le fond de mon cœur[1].

EU.   Vois-tu ce ciel et cette terre! Il n'est point ici-bas, quoi que tu puisses dire, d'homme plus chaste que moi!

RA. Et quitte le séjour de l'aimable Trézène.

EU.   HIPPOLYTE. — O sol de Trézène, qui offres tant d'attraits à la jeunesse, adieu!

RA. C'est peu qu'avec son lait une mère amazone
    M'ait fait encor sucer cet orgueil qui t'étonne.
    — Venus par votre orgueil si longtemps méprisée.

---

1. Ronsard (abrégé de l'*Art poétique*) : « Tu éviteras aussi l'abondance des monosyllabes en tes vers pour être rudes et mal plaisants à ouïr, ex. :
    Je vis le ciel si beau, si pur et net. »

EU.　J'abats ceux qui me traitent avec orgueil. Ainsi le fils de Thésée, Hippolyte, le rejeton de l'amazone.

RA.　Soleil, je viens te voir pour la dernière fois.

EU.　Il ne sait pas qu'il voit la lumière pour la dernière fois.

RA.　Je voulais en mourant prendre soin de ma gloire [1].

EU.　Tu en mourras et pourtant cet aveu fait ma gloire.

RA.　Pourriez-vous n'être plus ce superbe Hippolyte?

EU.　HIPPOLYTE. — Puissé-je finir ma vie comme je l'ai commencée!

RA.　Tantôt faire voler un char sur le rivage,
Tantôt, savant dans l'art par Neptune inventé,
Rendre docile au frein un coursier indompté.

EU.　Je veux les atteler à mon char et les exercer à d'utiles évolutions.... Tu ne monteras plus sur ton char attelé de chevaux vénètes, gouvernant la marche de tes coursiers.

RA.　Le ciel, dit-il, m'arrache une innocente vie.

EU.　C'est moi qu'elle atteint (la malédiction), et pourquoi? puisque je suis innocent de tous ces malheurs.

RA.　Cher ami, si mon père un jour désabusé.

EU.　Malheureux maudit par un père abusé!

1. Thomas Corneille (*Ariane*) :
J'ai sacrifié tout jusqu'au soin de ma gloire.

RA. La détestable Œnone a conduit tout le reste.

EU. Elle périt victime des artifices de sa nourrice.

RA. Et je m'en vais pleurer leurs faveurs meurtrières.

EU. O dons amers de ton père Neptune!

RA. Il était sur son char, ses gardes affligés
Imitaient son silence autour de lui rangés.
Il suivait tout pensif le chemin de Mycènes,
Sa main sur les chevaux laissait flotter les rênes.

EU. Il prend en mains les rênes accrochées au bord du char et nous serviteurs, marchant à côté du char, nous suivions la route qui mène directement à Argos et au pays d'Épidaure.

RA. Un effroyable cri sorti du sein des flots,
Des airs en ce moment a troublé le repos,
Et du sein de la terre une voix formidable
Répond en gémissant à ce cri redoutable.

EU. De là partit un bruit semblable au tonnerre soudain de Jupiter, c'était un gémissement sourd, horrible à entendre.

RA. Jusqu'au fond de nos cœurs notre sang s'est glacé.
Des coursiers attentifs le crin s'est hérissé.

EU. Les chevaux dressèrent vers le ciel la tête et les oreilles et une violente terreur s'empara de nous qui cherchions la cause de ce bruit.

RA. Cependant sur le dos de la plaine liquide
     S'élève à gros bouillons une montagne humide.

EU.   Nous tournons les yeux vers le rivage battu par les
     flots et nous voyons monter vers le ciel une vague
     énorme.

RA. L'onde approche, se brise et vomit à nos yeux
     Parmi des flots d'écume un monstre furieux.

EU.   Puis elle s'enfla et lançant avec bruit à l'entour une
     écume abondante, produite par le bouillonnement de la
     mer, elle s'avance vers le rivage où était le char d'Hip-
     polyte. Là elle creva comme une trombe et vomit un
     taureau, monstre sauvage dont les mugissements
     horribles firent retentir toute la plage, spectacle
     effrayant dont on ne pouvait soutenir la vue.

RA. Ses longs mugissements font trembler le rivage,
     Le ciel avec horreur voit ce monstre sauvage....
     La frayeur les emporte et, sourds à cette fois,
     Ils ne connaissent plus ni le frein ni la voix.
     En efforts impuissants leur maître se consume.

EU.   Aussitôt les chevaux sont saisis d'épouvante, ils
     mordent à belles dents leur frein d'acier, et s'empor-
     tent avec rage, ne connaissant plus ni la main de leur
     guide, ni les rênes, ni le char.

RA. A travers les rochers la peur les précipite;
     L'essieu crie et se rompt ; l'intrépide Hippolyte

Voit voler en éclat tout son char fracassé
Dans les rênes lui-même il tombe embarrassé.

EU.   Dans leur fureur ils s'emportaient vers les rochers, où la roue heurta et le char échoué se renversa. Ce fut alors un mélange confus et de moyeux et de chevilles qui volaient en éclats. L'infortuné lui-même, embarrassé dans les rênes....

RA. Traîné par les chevaux que sa main a nourris,
Il veut les rappeler et sa voix les effraie.
Ils courent; tout son corps n'est bientôt qu'une plaie.

EU.   Il est traîné par les chevaux, la tête brisée contre les roches, les chairs déchirées et poussant des cris pitoyables. Arrêtez, dit-il, coursiers, nourris à mes râteliers, épargnez votre maître! »

Métamorphoses d'Ovide (Trad. Renouard, 1606).

Phèdre usa de tous les artifices dont elle se put aviser pour m'échauffer de ses incestueuses flammes.

RACINE

C'est moi qui sur ce fils chaste et respectueux,
Osai jeter un œil profane, incestueux;
Le ciel mit dans mon cœur une flamme funeste.

OVIDE

Soit que le dépit du refus ait engendré la haine en son cœur, soit qu'elle craignit d'être par moi accusée,

7.

elle me prévint, se déchargea pour me charger, mettant
sur moi le crime dont elle était coupable.

RACINE

Elle a craint qu'Hippolyte, instruit de sa fureur,
Ne découvrît un feu qui lui faisait horreur ;
La perfide, abusant de ma faiblesse extrême,
S'est hâtée à vos yeux de l'accuser lui-même.

OVIDE

Je les eusse enfin arrêté et leur rage n'eût pas été
maîtresse de nos forces, si une des roues, en pirouet-
tant autour de l'essieu, ne fût rompue.

RACINE

L'essieu crie et se rompt.

OVIDE

Enfin, mon âme vaincue laissa mon corps si défiguré
qu'il n'avait plus forme de corps.

RACINE

A ce mot ce héros expiré
N'a laissé dans mes bras qu'un corps défiguré.

OVIDE

Ce n'étaient partout que blessures et blessures si
proches qu'elles ne faisaient qu'une plaie.

RACINE

Tout son corps n'est bientôt qu'une plaie.

OVIDE

Sur les rochers d'où je tâchais en vain de les retirer
avec la bride qu'une blanche écume couvrait.

RACINE

En efforts impuissants leur maître se consume,
Ils rougissent le mors d'une sanglante écume.

ARIOSTE (*Roland furieux*, chant XXXI)

L'on souffre paisiblement lorsque les yeux ne voyent
point ce que le cœur voit à toute heure.

RACINE

Quand ma bouche implorait le nom de la déesse,
J'adorais Hippolyte et le voyais sans cesse.

EU. HIPPOLYTE. — Ton exil ne m'inspire aucune pitié !
RA. Je t'aimais et je sens que, malgré ton offense,
Mes entrailles pour toi se troublent par avance.

RA. Il me semble déjà que ces murs, que ces voûtes,
Vont prendre la parole et, prêts à m'accuser,
Attendent mon époux pour le désabuser.
EU. Ne craignent-elles pas que les voûtes de leur maison
n'élèvent la voix contre elles ?

RA. C'est Vénus tout entière à sa proie attachée.
EU. LES BACCHANTES. — Ce teint blanc et délicat ne s'est
pas formé aux ardeurs du soleil, mais à l'ombre où tu
amorces par ta beauté la proie de Vénus.

RA. Et la mort, à mes yeux dérobant la clarté[1],
Rend au jour qu'ils souillaient toute sa pureté.

EU. (*Iphigénie en Tauride.*) IPHIGÉNIE. — Après leur avoir
voilé la tête.

THOAS. — Pour ne point souiller la lumière du soleil.

RA. Voyage infortuné, rivage malheureux!
Fallait-il approcher de tes bords dangereux!

EU. O vaisseau de Crète, aux blanches voiles, qui trans-
portas ma souveraine à travers les flots de la mer
retentissante.... C'est sous de mauvais auspices que tu
partis pour l'illustre Athènes....

RACINE

Je connais mes fureurs. Je les rappelle toutes.

SOPHOCLE

(*Electre.*) J'y suis poussé par l'excès de mes maux. Je
connais mes fureurs.

RACINE

N'a laissé dans mes bras qu'un corps défiguré
Et que méconnaîtrait l'œil même de son père.

SOPHOCLE

(*Electre.*) L'œil même de ses amis méconnaîtrait son
corps défiguré (celui d'Oreste).

1. Desportes :
    Et que je ne vois plus la clarté de ses yeux.

RACINE

Est-ce un malheur si grand que de cesser de vivre ?
La mort aux malheureux ne cause point d'effroi.

SOPHOCLE

(*Antigone.*) Et comment dans l'abîme de maux où
je suis tombée regarder la mort comme une peine ?
Si ma mort est prématurée, ce n'est qu'un plus grand
avantage à mes yeux.

RACINE

Perfide, oses-tu bien te montrer devant moi ?
Tu parais dans ces lieux pleins de ton infamie !

SOPHOCLE

(*Œdipe roi.*) Quoi ! toi, ici ! Tu oses paraître en ces
lieux ! de quel front oses-tu venir dans mon palais ?

RACINE

Et la mort à mes yeux dérobant la clarté,
Rend au jour qu'ils souillaient toute leur pureté.

SOPHOCLE

(*Œdipe roi.*) CRÉON. — Craignez au moins de souiller
la lumière du soleil, le père de la vie, en exposant sans
voiles cet objet impur que ni la terre, ni la clarté du
jour ne sauraient souffrir.

SOPHOCLE

(*Électre.*) La mort serait un bienfait pour moi. La
vie m'est un supplice, je n'en aurai aucun regret.

RACINE.

Est-ce un malheur si grand que de cesser de vivre?
La mort aux malheureux ne cause point d'effroi.

SOPHOCLE

(*Électre.*) C'est que je ne connaissais pas tous mes
maux. — Il m'a suffi de voir l'excès de tes souffrances.
— Et pourtant tu n'en vois qu'une faible partie.

RACINE

Tout ce que j'ai souffert...
N'était qu'un faible essai du tourment que j'endure[1].

SAPHO

(*A une femme aimée.*) Sitôt que je te vois, la parole
manque à mes lèvres, ma langue est enchaînée, une
flamme subtile court dans toutes mes veines, les
oreilles me tintent, une sueur froide m'inonde, tout
mon corps frissonne, je deviens plus pâle que l'herbe
flétrie, je demeure sans haleine, il me semble que je
suis près d'expirer.

RACINE

J'aime, à ce nom fatal, je tremble, je frissonne.
Juste ciel! tout mon sang dans mes veines se glace.

1 Desportes :
     Voir la fin de ma vie et du mal que j'endure.
Alexandre Hardy :
     Las! j'ai souffert autant qu'un mortel peut souffrir!

Je le vis, je rougis, je pâlis à sa vue,
Un trouble s'éleva dans mon âme éperdue,
Mes yeux ne voyaient plus, je ne pouvais parler,
Je sentis tout mon corps et transir et brûler.

APOLLONIUS

(*L'expédition des Argonautes.*) Tantôt ses joues paraissent tout en feu, tantôt une pâleur mortelle efface l'éclat de son teint....

A son aspect, le trouble s'empare de ses sens, ses yeux se couvrent d'un nuage, une rougeur brillante se répand sur son visage, ses genoux tremblants se dérobent sous elle!...

ESCHYLE

(*Les Euménides.*) Et moi, couverte d'opprobre, méprisée, misérable, enflammée de colère, ô douleur, je vois répandre goutte à goutte sur le so. le poison de mon cœur....

Moi subir cela! Moi, l'antique Sagesse, habiter méprisée sur la terre! ô honte! je respire la colère et la violence. Hélas, ô Dieux! ô terre! ô douleur!

SOPHOCLE

(*Électre.*) Et encore n'ai-je pas la douceur de pleurer autant que je le désirerais.

ESCHYLE

(*Les Choéphores.*) Et moi, j'étais tenue au loin, méprisée, abjecte, chassée de la demeure comme un

vil chien, aimant mieux les larmes que le rire, et pour
toute joie cachant mon deuil et mes plaintes.

RACINE

Et moi triste rebut de la nature entière,
Je me cachais au jour, je fuyais la lumière....
Me nourrissant de fiel, de larmes abreuvée[1];
Encor, dans mon malheur, de trop près observée,
Et sous un front serein déguisant mes alarmes,
Il fallait bien souvent me priver de mes larmes;
Je n'osais dans mes pleurs me noyer à loisir,
Je goûtais en tremblant ce funeste plaisir...
Je respire à la fois l'inceste et l'adultère,
Misérable, et je vis!

RACINE

Et fixant de ses vœux l'inconstance fatale [2]
Phèdre depuis longtemps ne craint plus de rivale.

PRADON

Et souvent sa valeur, à son amour fatale,
Vous donne dans son cœur la gloire pour rivale.

RACINE

Phèdre ici vous chagrine et blesse votre vue.
Dangereuse marâtre...

1. Desportes :
   Et prend sa nourriture et s'abreuve de pleurs.
   — D'amertume et de fiel sa bouche est toute pleine.
2. Thomas Corneille (*Ariane*) :
   Mais son mérite enfin semblait fixer ma flamme.
   — Parlez plus clairement, ai-je quelque rivale?

PRADON

Le nom d'une marâtre est toujours odieux.

RACINE

Athènes me montra mon superbe ennemi.

PRADON

En lui je vis l'honneur et la fleur de la Grèce,
Je connus Hippolyte et sentis mon vainqueur.

RACINE

Si je la haïssais, je ne la fuirais pas.

PRADON

Car si je la voyais, je ne partirais pas.

RACINE

Cependant, sur le dos de la plaine liquide,
S'élève, à gros bouillons, une montagne humide.

PRADON

L'eau s'enfle à gros bouillons, menaçant le rivage.

RACINE

Le flot qui l'apporta recule épouvanté.

PRADON

Et le flot irrité le fuit en mugissant.

RACINE

J'y cours en soupirant et sa garde me suit.

PRADON

J'y cours baigné de pleurs, et le trouve expirant.

※

RACINE et SÉNÈQUE

RA. Et mes genoux tremblants se dérobent sous moi.

SÉ.   Nunc ut soluto labitur moriens gradu.

Tantôt elle se traîne affaissée, et d'un pas défaillant, comme si elle allait mourir.

RA. Je ne me soutiens plus, mes forces m'abandonnent.

SÉ.   Vadit incerto pede, jam viribus defecta.

Elle marche d'un pas mal assuré et ses forces l'abandonnent.

RA. J'ai pour aïeul le père et le maître des Dieux,
Le ciel, tout l'univers est plein de mes aïeux,
Misérable, et je vis et je soutiens la vue
De ce sacré soleil dont je suis descendue!

SÉ. Quid ille rebus lumen infundens suum,
Matris parens? Quid ille qui mundum quatit,
Vitrans corusca fulmen aetneum manu,
Sator deorum? Credis hoc posse effici
Inter videntem omnia ut lateas avos?

RA. Il a peut-être un cœur facile à s'attendrir.
     Je suis le seul objet qu'il ne saurait souffrir.
SÉ. Tibi ponet odium cujus odio forsitan
     Persequitur omnes.

     Pensez-vous qu'il dépose sa haine à vos pieds quand
     c'est à cause de vous peut-être qu'il hait toutes les
     femmes?

RA. Ah! le voici, grands Dieux! à ce noble maintien
     Quel œil ne serait pas trompé comme le mien!
     Faut-il que sur le front d'un profane adultère
     Brille de la vertu le sacré caractère!
SÉ. Ubi vultus ille et ficta majestas viri!
     O vita fallax, abditos sensus geris,
     Animisque pulchram turpibus faciem induis.

     Fiez-vous à ce visage et à cette fausse gravité....

     O aspect trompeur, tu n'es qu'un masque hypocrite
     et la beauté du corps ne sert qu'à voiler les vices du
     cœur.

RA. Et l'espoir malgré moi s'est glissé dans mon cœur.
SÉ. Veniam ille amori forsitan dabit.
     Peut-être mon amour trouvera-t-il grâce devant lui.

RA. Il a pour tout le sexe une haine fatale.
SÉ. Genus omne profugit.
     Il hait tout notre sexe.

RA. Je ne me verrai point préférer de rivale.

SÉ. Pellicis careo metu.

Je ne craindrai point de rivale.

RA. Ce n'est plus une ardeur dans mes veines cachée.

SÉ. Labitur totas furor in medullas,

Igne furtivo populante venas.

La fureur de l'amour pénètre la moelle des os, et consume les veines d'un feu caché.

SÉ. Sed vorat tacitas penitus medullas.

RA. Où me cacher? Fuyons dans la nuit infernale.

SÉ. Hæc ad umbras justior nobis via est.

RA. Le voici, vers mon cœur tout mon sang se retire;

J'oublie en le voyant ce que je veux lui dire.

SÉ. Aude, anime, tenta, perage mandatum tuum.

Du courage, mon cœur, ose accomplir ton dessein.

RA. Madame, il n'est pas temps de vous troubler encore.

Peut-être votre époux voit encore le jour.

Le ciel peut à nos pleurs accorder son retour.

Neptune le protège et ce Dieu tutélaire

Ne sera pas en vain imploré par mon père.

SÉ. Summus hoc omen Deus

Avertat, aderit sospes ac tutum parens.

Que la main des Dieux écarte ce présage, mon père vit et nous sera bientôt rendu.

RA. On ne voit point deux fois le rivage des morts.

Seigneur; puisque Thésée a vu les sombres bords,

8.

En vain vous espérez qu'un Dieu vous le renvoie,
Et l'avare Achéron ne lâche pas sa proie.

SÉ.   Regni tenacis dominus et tacitæ Stygis
Nullam relictos fecit ad superos viam.

Le Dieu qui règne sur les rives silencieuses du Styx
ne lâche point sa proie et ne laisse remonter personne
vers le séjour des vivants....

Illum quidem æqui cœlites reducem dabunt.
Les Dieux du ciel plus favorables nous rendront Thésée.

RA.   Qu'un soin bien différent me trouble et me dévore[1].
Seigneur, ma folle ardeur malgré moi se déclare.

SÉ.   Pectus insanum vapor
Amorque torret, intimas saevus devorat
Penitus medullas, atque per venas meat,
Visceribus ignis mersus et venis latens.

Un amour insensé, un feu dévorant, me consume.
Cette ardeur cachée pénètre jusqu'à la moelle de mes
os, circule avec mon sang, brûle mes veines et mes
entrailles.

RA.   Ce n'est plus une ardeur dans mes veines cachée.
J'ai langui, j'ai séché, dans les feux, dans les larmes.
Eh bien ! connais donc Phèdre et toute sa fureur !...

RA.   Tout mort qu'il est, Thésée est présent à vos yeux,
Toujours de son amour votre âme est embrasée,

1. Desportes :
     Sent, dès qu'il en est loin, qu'un souci le dévore.

É. Amore nempe Thései casto furis.

C'est l'excès de votre chaste amour pour Thésée qui vous trouble à ce point.

RA. Oui, prince, je languis, je brûle pour Thésée,
Je l'aime, non point tel que l'ont vu les enfers!
Charmant, jeune...
Tel qu'on dépeint les dieux ou tel que je vous voi.
Il avait votre front, vos yeux, votre langage.
Cette noble pudeur colorait son visage.
Lorsque de notre Crète il traversa les flots....

SÉ. Hippolyte, est. Thései vultus amo,
Illos priores quos tulit quondam puer,
Quum prima puras barba signaret genas,
Monstrique cæcam gnossii vidit domum,
Et longa curva fila collegit via;
Quis tum ille fulsit, presserant vittæ comam,
Et ora flavus tenera tingebat rubor...
Tuaeve, Phœbe, vultus aut Phœbei mei,
Tuusve potius. Talis, en talis fuit
Quum placuit hosti, sic tulit celsum caput,
In te magis refulget, incomptus decor,
Est genitor in te totus [1].

Oui, Hippolyte, j'aime le visage de Thésée, je l'aime tel qu'il était jadis, quand ses joues fraîches étaient

---

1. Sénèque ajoute ce trait : « Inerant lacertis mollibus fortes tori » qui trahit chez Phèdre un amour *profane* pour le jeune homme bien musclé.

parées du premier duvet de la jeunesse, quand il visita le Labyrinthe du monstre de Crète et saisit le fil qui devait le conduire à travers ses détours. Qu'il était beau alors! Un bandeau retenait sa chevelure, ses traits délicats étaient colorés d'une aimable rougeur. C'était le visage de Diane, votre déesse, ou celui d'Apollon, père de ma famille, c'était plutôt le vôtre. Oui, Thésée vous ressemblait quand il sut plaire à la fille de son ennemi. C'est ainsi qu'il portait sa noble tête. Vous avez, avec plus de grâce naturelle, tous les traits de Thésée [1].

RA. Ma sœur du fil fatal eût armé votre main,
Mais non, dans ce dessein je l'aurais devancée,
L'amour m'en eût d'abord inspiré la pensée.
C'est moi, prince, c'est moi dont l'utile secours
Vous eût du labyrinthe enseigné les détours.

SÉ. Si cum parente Creticum intrasses fretum
Tibi fila potius nostra nevisset soror.

Si vous aviez suivi Thésée sur la mer de Crète, c'est à vous plutôt qu'à lui que ma sœur eût donné le fil fatal.

RA. Moi-même devant vous j'aurais voulu marcher,
Et Phèdre au labyrinthe avec vous descendue,
Se serait avec vous retrouvée ou perdue [2].

---

1. Racine :
   Mes yeux le retrouvaient dans les traits de son père.
2. Alexandre Hardy :
   O dieux! y repensant, ce dédale me perd,
   Mon âme ne se peut retrouver égarée.

sé. Domus sorores una corripuit duas
Te genitor, at me natus. En supplex jacet
Allapsa genibus regiæ proles domus.

Une seule famille nous a perdues toutes deux, tu as
aimé le père et j'aime le fils. Vous voyez suppliante à
vos pieds l'héritière d'une royale maison.

RA. J'aime. Ne pense pas qu'au moment que je t'aime,
Innocente à mes yeux je m'approuve moi-même.
Faibles projets d'un cœur trop plein de ce qu'il aime[1],
Hélas, je ne t'ai pu parler que de toi-même.

sé. Respersa labe nulla et intacta, innocens,
Tibi mutor uni. Certa descendi ad preces.
Finem hic dolori faciet aut vitæ dies,
Miserere amantis.

Pure et vertueuse jusqu'à ce moment, je ne suis faible
que pour vous. Je m'abaisse jusqu'aux prières. Je l'ai
résolu, ce jour terminera ma vie ou mon tourment.
Prenez pitié de mon amour!

RA. Va trouver de ma part ce jeune ambitieux,
Œnone, fais briller la couronne à ses yeux....
Cédons-lui ce pouvoir que je ne puis garder,
Il instruira mon fils dans l'art de commander.
Peut-être il voudra bien lui tenir lieu de père.
Je mets dans son pouvoir et le fils et la mère.

1. Thomas Corneille (*Ariane*) :
    Mille fois j'ai rougi de ce que j'ose faire...
    Ah! qu'on se défend mal auprès de ce qu'on aime!

SÉ. Mandata recipe sceptra, me famulam accipe,
Te imperia regere, me decet jussa exsequi,
Muliebre non est regna tutari urbium.
Tu qui juventæ flore primævo viges,
Cives paterno fortis imperio rege.

Prenez le sceptre que m'a confié votre père, et rece-
vez-moi comme votre esclave. Commandez, je dois
vous obéir. Il n'appartient pas aux femmes de gou-
verner. C'est à vous, qui êtes dans la force et la fleur
de l'âge, de prendre le pouvoir paternel.

RA. Que dis-je, cet aveu que je te viens de faire,
Cet aveu si honteux le crois-tu volontaire [1]?
SÉ. Vos testor omnes coelites, hoc quod volo
Me nolle.

Soyez-moi témoins, dieux du ciel, que je condamne
ce que je veux.

RA. Que fai-je? où ma raison se va-t-elle égarer?
Mes criminelles mains, promptes à se
Dans le sang innocent brûlent de s pl   er.
SÉ. Quid sinat inausum feminae praeceps furor,
Nefanda juveni crimina insonto parat.

Il n'est point de crime que l'aveugle fureur d'une
femme ne puisse oser. Elle prépare une accusation
abominable contre un jeune homme innocent.

---

[1] Thomas Corneille (*Ariane*) :
C'est un aveu honteux qu'un autre lui peut faire.

RA. Et moi-même éprouvant la terreur que j'inspire,
Je voudrais être encor dans les prisons d'Épire!

SÉ. Luget moestos tristis reditus,
Ipsoque magis flebile averno
Sedis patriae videt hospitium!

Il se plaint de ce triste retour et le séjour de sa
patrie lui paraît pire que celui des enfers.

RA. Qu'est-ce que j'entends? un traître, un téméraire,
Préparait cet outrage à l'honneur de son père?

SÉ. Quis, ede, nostri decoris eversor fuit?
Mais qui, parle, a détruit notre honneur?

RA. Il fallait en fuyant ne pas abandonner
Le fer qui dans tes mains aide à te condamner....

L.   En praeceps abit,
Ensemque trepida liquit attonitus fuga;
Pignus tenemus sceleris;

Le voilà qui s'éloigne en hâte et, dans sa fuite précipitée, il abandonne terrifié son épée; nous tenons la
preuve de son crime.

RA. L'insolent de la force empruntait le secours,
Pour parvenir au but de ses noires amours[1].
J'ai reconnu le fer, instrument de sa rage[2].

SÉ.   Nefandi raptor Hippolytus stupri,
Instat, premitque, mortis intentat metum,
Ferro pudicam terret.

1. Corneille :
         Va pratiquer ailleurs tes noires actions.
2. Corneille :
         Exécrable instrument de ta brutale rage.

Regale patriis asperum signis ebur,
Capulo refulget gentis actaeae decus.

Hippolyte, l'auteur d'un odieux attentat, la presse,
la violente et, l'épée à la main, terrifie cette épouse
pudique de l'effroi de la mort.

Cet ivoire porte les insignes royaux de ma famille,
je vois briller sur cette poignée l'emblème du peuple
athénien.

RA. Et ne vas pas chercher dans un ciel inconnu
Des pays où mon nom ne soit pas parvenu?

SÉ.   Profugus ignotas procul
Percurre gentes.
Fuis et va chercher au loin des peuples inconnus!

RA. Neptune, par le fleuve aux Dieux même terrible,
M'a donné sa parole et va l'exécuter.

SÉ.   Genitor aequoreus dedit
Ut vota prono trina concipiam deo
Et invocata munus hoc sanxit Styge.

Le Dieu des mers m'a promis d'exaucer trois de mes
vœux et a pris le Styx à témoin de sa promesse.

RA. Dans les longues rigueurs d'une prison cruelle,
Je n'ai point imploré ta puissance immortelle;
Avare du secours que j'attends de tes soins,
Mes vœux t'ont réservé pour de plus grands besoins.

SÉ. Inter profunda Tartara et ditem horridum

Et imminentes regis inferni minas,
Voto peperci, redde nunc pactam fidem.

Renfermé dans les profondeurs du Tartare, sous la main terrible de Pluton, où j'avais tout à craindre de sa colère, je me suis abstenu de former ce troisième vœu.... C'est aujourd'hui qu'il faut l'accomplir.

RA. Quels courages Vénus n'a-t-elle pas domptés?

SÉ. Saepe obstinatis induit frenos amor. [tinés.

L'amour a su souvent dompter les cœurs les plus obs-

RA. Vous-même, où seriez-vous, vous qui la combattez
Si toujours Antiope à ses lois opposée [(Vénus),
D'une pudique ardeur n'eût brûlé pour Thésée.

SÉ. Regna materna aspice,
Illae feroces sentiunt Veneris jugum.
Testaris istud unicus gentis puer.

Voyez le royaume de votre mère; les plus farouches y subissent le joug de Vénus, vous en êtes la preuve, vous, l'unique rejeton de cette race.

RA. Le ciel mit dans mon âme une flamme funeste....
La perfide (Œnone) abusant de ma faiblesse extrême,
S'est hâtée à vos yeux de l'accuser lui-même.

SÉ. Et nefas
Quod ipsa demens pectore insano hauseram
Mentita finxi.

Le crime affreux, que dans ma démence, je puisais

9

d'un cœur égaré, je l'ai faussement attribué à Hippolyte.

RA. Les Dieux m'en sont témoins, ces dieux qui, dans mon
Ont allumé le feu fatal à tout mon sang.   [âme,

SÉ. Et ipsa nostrae fata cognosco domus.
Je connais le destin qui pèse sur notre famille.

RA. J'ai connu les deux mers que sépare Corinthe.

SÉ. Gemino Corinthos littori opponens moras.

RA. J'ai vu, des mortels, périr le plus aimable.

SÉ. Hippolytus heu flebili letho occubat....
Hélas! Hippolyte a péri d'une mort cruelle.

RA. Quel coup me l'a ravi? Quelle foudre soudaine?

SÉ.   Mortis effare ordinem.
Apprends-moi les détails de sa mort.

RA. A peine nous sortions des portes de Trézène.

SÉ. Ut profugus urbem liquit infesto gradu.
A peine eut-il quitté, d'un pas triste, la ville dont il
était proscrit.

RA. Cependant sur le dos de la plaine liquide,
S'élève à gros bouillons une montagne humide.

SÉ. Consurgit ingens pontus in vastum aggerem.   [tagne.
Une vague énorme se dresse comme une haute mon-

RA. Et du sein de la terre une terrible voix
Répond en frémissant à ce cri redoutable.

SÉ.   En totum mare
Immugit omnesque undique scopuli adstrepunt.

Toute la mer fait entendre un mugissement que répètent les rochers d'alentour.

RA. Le flot qui l'apporta recule épouvanté.

SÉ. Inhorruit concussus undarum globus.

RA. Jusqu'au fond de nos cœurs notre sang s'est glacé.

SÉ.   Os grassat tremor.

La terreur nous glace le sang.

RA. Son front large est armé de cornes menaçantes,
Tout son corps est couvert d'écailles jaunissantes,
Indomptable taureau, dragon impétueux,
Sa croupe se recourbe en replis tortueux [1].

SÉ. Caerulea taurus colla sublimis gerens,
Erexit altam fronte viridenti jubam.
Stant hispidae aures, cornibus varius color,
Tum pone tergus ultima in monstrum coit,
Facies et ingens bellua immensam trahit
Squamosa partem.

Taureau furieux, une crête énorme domine son front, ses oreilles sont droites et hérissées, les cornes ont deux couleurs.... L'extrémité de son corps se termine en une bête monstrueuse comme un dragon hérissé d'écailles.

1. Rotrou :
Faire autour de ses bras cent replis tortueux.

RA. Hippolyte lui seul, digne fils d'un héros,
     Arrête ses coursiers.

SÉ.   Solus immunis metu,
     Hippolytus, arctis continet frenis equos.

     Seul exempt de crainte, Hippolyte retient ses cour-
riers en serrant les rênes d'une main forte.

RA. De rage et de douleur le monstre bondissant,
     Vient aux pied des chevaux tomber en mugissant.

SÉ.   Praepeti cursu evolat
     Et torva currus ante trepidentes stetit.

     Dans la promptitude de sa course il vient se dresser
furieux devant les chevaux épouvantés.

RA. J'y cours en frémissant et sa garde me suit,
     De son généreux sang la trace nous conduit.

SÉ. Errat per agros funebris famuli manus,
     Per illa qua distractus Hippolitus loca
     Longum cruenta tramitem signat nota.

     Ses serviteurs accablés de tristesse, suivent la trace
du sang, sur les lieux où le corps d'Hippolyte, traîné
et déchiré, a laissé une empreinte sanglante.

RA. Les rochers en sont teints, les ronces dégouttantes
     Portent de ses cheveux les dépouilles sanglantes.

SÉ.   Acutis asperi vepres rubis
     Omnisque truncus corporis partem tulit.

     Les ronces, les buissons et les branches en retien-
nent des lambeaux ensanglantés.

RA. Des princes malheureux nourrissent les faiblesses,
Les poussent au penchant où leur cœur est enclin.

SÉ. Qui blandiendo dulce nutrivit malum.
Qui a nourri ce mal si doux en le caressant.

RA. Tout semble s'élever contre mon injustice,
De l'Univers entier je voudrais me bannir.

SÉ. Sidera et manes et undas scelere complevi meo.
J'ai rempli de mon crime les cieux, la terre et la mer.

RA. Je hais jusques aux soins dont m'honorent les Dieux,
Et je m'en vais pleurer leurs faveurs meurtrières,
Sans plus les fatiguer d'inutiles prières.

SÉ.   Non movent divos preces,
At si rogarem scelera, quam proni forent!

Les Dieux sont sourds à mes prières; mais si je
leurs demandais des crimes, avec quelle promptitude
ils m'exauceraient!

RA. Allons de ce cher fils embrasser ce qui reste.
Rendons-lui les honneurs qu'il a trop mérités.

SÉ. Complectere artus quodque de nato est super;
En haec suprema dona genitoris cape.

Embrasse ces membres déchirés qui restent de ton
enfant!... Reçois de ton père ces dons suprêmes!

RA. O mon fils, cher espoir que je me suis ravi!
Inexorables Dieux qui m'avez trop servi!
Quoi qu'ils fissent pour moi, leur funeste bonté...

SÉ. O dira fata! numinum o saevus favor!
Sic ad parentem natus ex voto redit!

O destins inexorables! ô cruelle faveur des Dieux!
Voilà ce que mes vœux funestes ont fait de mon fils!

RA. Ton nom semble offenser ses superbes oreilles.
SÉ. Iterum, superbe, genibus advolor tuis.   [pieds.
Pour la seconde fois, cœur superbe, je me jette à tes

RA. Voilà mon cœur, c'est là que ta main doit frapper;
Frappe, ou si tu le crois indigne de tes coups [1],
Si ta haine m'envie un supplice si doux....
SÉ.   Majus hoc voto meo est,
Salvo ut pudore manibus immoriar tuis.

Mourir par tes mains en sauvant ma vertu, c'est
plus que je ne demandais.

RA.   Je sais mes perfidies.
SÉ. Instruitur omnis fraude feminea dolus.

Cet artifice est conduit avec toute la perfidie dont
les femmes sont capables.

RA. Ce farouche ennemi qu'on ne pouvait dompter.
Nourri dans les forêts, il en a la rudesse.
Hippolyte endurci par de sauvages lois,
Entend parler d'amour pour la première fois.
SÉ.   Silvarum incola
Ille efferatus, castus, intactus, rudis.

1. Alexandre Hardy :
Ou si je ne mérite un trait de ton courroux.

Ce farouche habitant des forêts, si chaste, si pur,
si sauvage....

RA. Misérable, et je vis, et je soutiens la vue
De ce sacré soleil dont je suis descendue!

SÉ.   Spectat hoc nostri sator
Sol generis et spectator.

Le soleil, père de ma famille, voit un pareil spectacle.

RA. De l'austère pudeur les bornes sont passées.

SÉ.   Serus est nobis pudor.

La pudeur n'est plus de saison.

RA. C'est bien assez pour moi de l'opprobre éternel,
D'avoir pu mettre au jour un fils si criminel.
Justes Dieux! qui voyez la douleur qui m'accable[1],
Ai-je pu mettre au jour un enfant si coupable?

SÉ. (Octavie.)

Quos nunc pudor luctusque perpetius manet,
Ex te, nefande, meque quæ talem tuli.

Tandis que maintenant la honte et la douleur les
assiègent (les aïeux), à cause de toi, misérable, et de
moi qui ai pu enfanter un pareil monstre!

RA. Ce farouche ennemi qu'on ne pouvait dompter,
Ce tigre que jamais je n'abordai sans crainte[2].

1. Corneille :
        Oui, Créuse fait voir que le sort qui m'accable.
    2. Corneille :
        Va, tigre, va, cruel, barbare impitoyable!

SÉ.   Vincam saevos
Ante leones, tigresque truces,
Fera quam saevi corda tyranni.

Je fléchirai des lions cruels et des tigres furieux plutôt que l'âme de ce tyran féroce.

RA. Les moments me sont chers, écoutez-moi, Thésée!

SÉ. Audite Athenae, tuque funesta pater
Pejor noverca.

Athènes, écoute-moi, et toi aussi, père plus cruel qu'une marâtre funeste.

RA. Il faut à votre fils rendre son innocence [1],
Il n'était point coupable.

SÉ.   Vana punisti pater
Juvenisque castus crimine incestae jacet!

Tu as puni ton fils d'un crime imaginaire, et le chaste jeune homme meurt victime d'un inceste qu'il n'a pas commis.

RA. Vous n'aviez pas encore atteint l'âge où je touche,
Déjà plus d'un tyran, plus d'un monstre farouche,
Avait de votre bras senti la pesanteur.
Vous aviez des deux mers assuré les rivages [2],
Le libre voyageur ne craignait plus d'outrages;

1. Corneille :

> Rends-lui son innocence en t'éloignant de nous !

2. Corneille :

> Et qu'il n'empêche plus les deux mers de s'unir.

Hercule, respirant sur le bruit de vos coups,
Déjà de son travail[1] se reposait sur vous....

SÉ. *(Hercule sur l'Oeta.)*

Quodcumque tellus genuit infesta, occidi
Meaque fusum est dextera...

> Nec juvenis feras,

Timui nec infans. Quidquid est jussum leve est...

> Sed quid impavidum genus

Fecisse prodest?

Tous les monstres qu'enfanta le courroux de la terre, mon bras les a immolés.... Les bêtes les plus cruelles n'ont effrayé ni ma jeunesse, ni mon enfance. Les travaux qu'on m'a imposés n'étaient rien pour moi. Mais que m'a-t-il servi d'assurer le repos du genre humain?

RA. Les Dieux après six mois enfin m'ont regardé.

SÉ.   Iratis deis

Esse non licuit.

Les Dieux n'ont pu garder leur colère.

RA. Je le vis, je rougis, je pâlis à sa vue.

SÉ.   Nunc inaderscunt genae,

Pallor ruborem pellit.

La rougeur subite de ses joues fait place à la pâleur.

RA. OEnone, qui l'eût cru, j'avais une rivale!

---

1. Alexandre Hardy :
    Tant d'ennemis domptés, tant de travail souffert!

SÉ.   In locum venit ferae
Invisa pellex.

    Une rivale est venue plus odieuse que tous les mons-
tres.

RA. Non, je ne puis souffrir un bonheur qui m'outrage[1],
OEnone, prends pitié de ma jalouse rage,
Il faut perdre Aricie. Il faut de mon époux
Contre un sang odieux réveiller le courroux,
Qu'il ne se borne pas à des peines légères!

SÉ.   O nulla dolor,
Contente paena, quaere supplicia horrida,
Incogitata, infanda. Junonem doce
Quid odia valeant, nescit irasci satis.

    O douleur! qu'aucune vengeance ne pourra satis-
faire! Imagine des châtiments affreux, horribles, inouïs!
Montre à Junon ce que peut une véritable haine, elle
ne sait pas assez haïr!

RA. Que fais-je, où ma raison se va-t-elle égarer?
SÉ. Quid hoc? recedit animus et ponit minas.
Mais quoi! ma colère recule et s'apaise.

RA. Sa foi partout offerte et reçue en cent lieux,
Trop crédules esprits que sa flamme a trompés[2]...

1. Desportes :
      Ne me blessent point tant que l'amoureuse rage
      Qui d'ongles et de dents cruellement m'outrage.

2. Thomas Corneille (*Ariane*) :
      Ces indignes serments sur mon crédule esprit.

Et fixant de ses vœux l'inconstance fatale...
Volage adorateur de mille objets divers[1].

É.   Adice quot nuptas prius,
Quot virgines dilexit, erravit vagus....
Ubique caluit, sed levi caluit face;
Haerere amantes post vagos ignes solent.

 Toutes les femmes et toutes les vierges qu'il a aimées n'ont allumé en lui qu'une ardeur passagère....

 Il brûle partout, mais ses feux n'ont duré que peu d'instants! Les amants se fixent d'ordinaire après les amours volages.

RA. Où me cacher? Fuyons dans la nuit infernale.
SÉ.   Quo fugam praeceps agam?
Mors sola portus dabitur aerumnis meis.

 Où fuir? où me dérober? La mort seule peut offrir un port à mes douleurs[2].

---

1. Corneille :

A des volages
Qui peuvent en un jour adorer cent visages.

2. Il faut chercher les imitations de Racine un peu partout et même là où on s'attendrait le moins à les trouver. Mais, en général, les beaux passages des anciens, qu'il met en œuvre si adroitement, se rapportent à des situations sinon identiques, du moins analogues à celles des pièces auxquelles il les annexe et les incorpore. C'est, par exemple, Déjanire, jalouse d'Hercule. Antoine épris de Cléopâtre, l'élégiaque Desportes, Sapho.... Qu'importe l'origine de l'emprunt, si l'idée ou l'expression sont de bonne prise. Toute la lyre est du goût de ce moraliste.
 Amadis Jamyn, dans son argument du 1er livre de la *Franciade*, disait du grand Ronsard, si maltraité par nos classiques : « Il ressemble à l'abeille, laquelle tire son profit de toutes fleurs pour en faire son miel; aussi sans jurer en l'imitation d'un des

RA. Hippolyte te fuit et bravant ton courroux,
Jamais à tes autels n'a fléchi les genoux [1].
Ton nom semble offenser ses superbes oreilles.
Déesse, venge-toi [2], nos causes sont pareilles.

SÉ. Animum rigentem tristis Hippolyti doma,
Amare discat, mutuos ignes ferat,
Det facilis aures. Mitiga pectus ferum,
Innecte mentem. Torvus, aversus, ferox,
In jura Veneris redeat, huc vires tuas
Intende.

Domptez le cœur insensible de l'austère Hippolyte,
qu'il apprenne à aimer, qu'il ressente les feux d'une
ardeur partagée, qu'il écoute la voix d'une amante.
Adoucissez son humeur sauvage et enchaînez son
cœur. Ramenez sous les lois de Vénus cet esprit altier,
indépendant et farouche. Tendez à ce but de tous vos
efforts!

RA. Il suffit que ma main l'ait une fois touchée (son épée
Je l'ai rendue horrible à ses yeux inhumains!
Et ce fer malheureux profanerait ses mains.

SÉ.   Et hic
Contactus ensis deserat castum latus.

anciens plus que des autres, il considère ce qui est en eux de
meilleur, de quoi il enrichit (comme toujours il a été heureux)
notre langue française. »

1. Rotrou :
   Et jamais qu'à genoux, comme aux pieds des autels.
2. Alexandre Hardy :
   L'anime à se venger de l'injure commune.

Ce fer qui vous a touchée ne doit pas rester aux côtés d'un corps chaste comme le mien.

RA. Je me tais, cependant Phèdre sort d'une mère,
Phèdre est d'un sang, seigneur, vous le savez trop
[bien,
De toutes ces horreurs plus rempli que le mien.

SÉ.   Nulla Minois levi
Defuncta amore est; jungitur semper nefas.

Aucune fille de Minos n'a brûlé d'un feu pur; toujours le crime s'est mêlé à ses amours.

RACINE et GARNIER[1]

GA. L'amour accoutumé lui déplaît trop vulgaire.
Il veut s'ebastre d'un qui ne soit *ordinaire*.

RA. Votre flamme devient une flamme ordinaire...
Et pour tout autre objet ton âme indifférente
Dédaignait de brûler d'une flamme innocente.

GA. Hélas! toujours ton feu, toujours ton feu me *brûle*.

RA. Je sentis tout mon corps et transir et brûler.

GA. Tu brûles follement.

RA. La fureur de mes feux...

GA. Tantôt elle pâlit et tout soudainement
La couleur lui réchauffe, elle tremble fièvreuse.

1. Robert Garnier (1545-1601) a composé sur des sujets grecs
et romains les tragédies suivantes : *Porcie, Cornélie, M. Antoine,
Hippolyte, la Troade, Antigone.*
Pierre de Ronsard, Belleau, Baïf, R. Estienne, Amadis Jamyn
ont écrit des vers en son honneur. Les éditions de ses œuvres
sont très nombreuses au commencement du xvii⁰ siècle.
Corneille et Racine daignaient parfois s'en inspirer, comme on
le verra dans notre prochain volume : *Plagiats et Réminiscences.*

RA. Je le vis, je rougis, je pâlis à sa vue,
     Un trouble s'éleva dans mon âme éperdue.

GA. Dans le fond des forêts, morne, sombre, sauvage,
     Ne montrant presque rien d'humain que le visage.
RA. Ce tigre, que jamais je n'abordais sans crainte...
     Nourri dans les forêts, il en a la rudesse.

GA. Hélas! c'est le destin de notre pauvre race.
RA. Les Dieux m'en sont témoins, ces Dieux qui dans mon
     Ont allumé ce feu fatal à tout mon sang.   [flanc

GA. O sacré géniteur des hommes et des Dieux,
     D'où me vient cette peste en mon lignage infâme?
RA. Justes Dieux! qui voyez la douleur qui m'accable,
     Ai-je pu mettre au jour un enfant si coupable?
GA. D'où me vient en ma race une si maudite âme?
     O ciel, *injuste ciel*, qui pardonnes les crimes...

RA. Dieux! qui voyez mon mal, Dieux qui voyez mes peines,
     Dieux! qui voyez *sécher* mon sang dedans mes veines.
RA. J'ai langui, j'ai séché dans les feux, dans les larmes.
     Il suffit de tes yeux pour t'en persuader.

GA. O Dieux! qui de là-haut voyez comme je suis...
     Nous aurons notre sang infect de son poison.
RA. Ainsi donc jusqu'au bout tu veux m'empoisonner?

GA. De mon cœur offensé la douleur *incurable*.
RA. D'un incurable amour remèdes impuissants.

GA. *Je brûle misérable* et le feu que je porte...

RA. Mon époux est vivant et moi je brûle encore.
Portant partout le trait dont je suis déchiré.

GA. Pour finir mes langueurs qui recroîtront toujours
Sans jamais prendre fin qu'en finissant mes jours.

RA. Jusqu'au dernier soupir de malheurs poursuivie,
Je rends dans les tourments une pénible vie.

GA. Ce ne serait sans lui qu'une *brutale rage*.

RA. Phèdre ensevelirait ta brutale insolence.

GA. S'enflamme incessamment de quelque amour nouvelle.

RA. Tranquille et nous cachant de nouvelles amours.

GA. Qui n'a que l'inconstance et de qui la cervelle ..

RA. Et fixant de ses vœux l'inconstance fatale.

GA. En son *cœur infidé*, la rage et le courroux...

RA. Me nourrissant de fiel, de larmes abreuvée.

GA. Mais qui vous fléchira ce jeune homme inflexible?
Voyez-vous pas combien il est *inaccessible*?

RA. Il oppose à l'amour un cœur inaccessible [1]...
— Mais de faire fléchir un courage inflexible.

GA. Cil qui plaindrait le joug qu'il s'est mis sur la tête.

RA. Quand sous un joug honteux à peine je respire.

1. Rotrou :

Rencontre-t-elle en vous une âme inaccessible?
— Et gardez que heurtant un cœur inaccessible?

10.

GA. *Ma douleur se nourrit* et croît toujours plus forte...
Réprimez cet amour qui art incestueux.

RA. Vous nourrissez un feu qu'il vous faudrait éteindre.
— Un cœur toujours nourri d'amertume et de pleurs.

GA. Ne verrai-je jamais hors de votre pensée,
Cruelle, s'affligeant, cette amour insensée?

RA. Ainsi dans vos malheurs ne songeant qu'à vous plaindre.

GA. Bourreau perpétuel et qui joint à vos os
Ne vous lairra jamais sommeiller en repos.

RA. Dans de plus nobles soins chercher votre repos.

GA. Mais toujours à la fin amour est le vainqueur
Qui paisible du camp, s'empare de mon cœur.

RA. Quand ma faible raison ne règne plus sur moi,
Lorsque j'ai de mes sens abandonné l'empire.

GA. Je meurs, de trop vous voir, je meurs, hélas, je meurs.

RA. Quand je me meurs...

GA. Hé Dieu! que faut-il faire, Hippolyte m'époint,
Et quand il est présent et quand il n'y est point.

RA. Présente, je vous suis, absente je vous trouve,
Tout retrace à mes yeux les charmes que j'évite.

GA. O terre, qu'est ceci, quel monstre stygieux,
Quel démon infernal se découvre à mes yeux?
O père, es-tu si lent à nous lancer tes feux,
Que le ciel éclatant au bruit de ton tonnerre...

RA. Perfide, oses-tu bien te montrer devant moi?
Monstre, qu'a trop longtemps épargné le tonnerre!

GA. Tu vis, monstrueux enfant, tu vis donc impuni
Après avoir ton père en ma couche honni!

RA. Préparait cet outrage à l'honneur de son père...
Jusqu'au lit de ton père a porté ta fureur.

GA. En geste, en contenance et en propos sévère.

RA. Ah! le voici, grand Dieu! à ce noble maintien...

GA. *D'un pudique regard*, d'un sourcil vénérable.

RA. Phèdre seule charmait tes impudiques yeux.

GA. Et que *cruellement* nos esprits il affolle.

RA. Tu ne saurais plus loin pousser la cruauté.

GA. Ouvre le cœur glacé d'Hippolyte et lui mets
Les tisons de l'amour dans ses os enflammés:
Que désormais il aime et comme moi ressente
De l'amoureux brandon l'ardeur impatiente:

RA. Déesse, venge-toi, nos causes sont pareilles,
Qu'il aime...

GA. C'est l'amour de Thésé qui vous tourmente ainsi!
Hélas, voire Hippolyte, hélas! c'est mon souci!
J'ai, misérable, *j'ai la poitrine embrasée*
De l'amour que je porte aux beautés de Thésée.

RA. Tout mort qu'il est, Thésée est présent à vos yeux,
Toujours de son amour votre âme est embrasée...
Oui, prince, je languis, je brûle pour Thésée.

GA. *L'amour amollit tout*, fût-ce un rocher sauvage.

RA. Quelles sauvages mœurs, quelle haine endurcie,
      Pourrait en vous voyant n'être pas adoucie?

GA. Mais ne craignez-vous pas un remords misérable?

RA. Mais un secret remords agite mon esprit.

GA. Semblable au port d'un Dieu, de maintien et de geste.

RA. Tel qu'on dépeint un Dieu, ou tel que je vous vois...

GA. Maintenant la fureur plus forte me commande.

RA. Eh bien! connais donc Phèdre et toute sa fureur.

GA. Qui commandes aux bois et aux montagnes sombres,
      Qui là-bas, aux enfers, règnent entre les ombres!

RA. Moi-même il m'enferma dans les cavernes sombres,
      Lieux profonds et obscurs de l'empire des ombres.

GA. Ce *traître* incestueux, ce violeur de femmes.

RA. Fuis, traître, ne viens pas ici braver ma haine!

GA. Tu vis, tu vis, barbare, et la lampe céleste
      Aussi claire qu'à moi reluit à ton inceste.

RA. Prends garde que jamais l'astre qui nous éclaire
      Ne te voie en ces lieux mettre un pied téméraire.

GA. Qu'il se montre facile et chasse de son cœur
      Par toi, vierge, attendri, *toute austère rigueur*.

RA. On sait de mes chagrins l'inflexible rigueur.

GA. Or cours où tu voudras, traverse, vagabond,
Les terres et les mers de ce grand monde rond...
Cours donc où tu voudras, tu ne saurais tant faire
Qu'éviter de ton mal le mérité salaire...

RA. Fuis, traître, ne viens point ici braver ma haine...
Fuis, si tu ne veux pas qu'un châtiment soudain
T'ajoute aux scélérats qu'a punis cette main...

GA. Tu ne saurais fuir les vengeresses peines
De ton impiété *qui te suivront soudaines*...
Las! ne m'avait assez malheuré le destin!...

RA. Avec quelle rigueur, destin, tu me poursuis!

GA. O toi, grand marinier, c'est à toi que je veux
Te présenter, dolent, le dernier de mes vœux.

RA. Et toi, Neptune, et toi...
Tu promis d'exaucer le premier de mes vœux.

GA. Je n'entreprendrais point de te faire demande
De ce troisième vœu que pour chose bien grande.

RA. Avare du secours que j'attends de tes soins,
Mes vœux t'ont réservé pour de plus grands besoins.

GA. Souvienne-toi, grand Dieu, de ta sainte promesse.

RA. Souviens toi que pour prix de mes efforts heureux
Tu promis d'exaucer le premier de mes vœux.

GA. Quel désastre nouveau vient mon mal redoubler?

RA. Il sort. Quelle nouvelle a frappé mon oreille [1]?

1. Rotrou :
Un bruit qui par la ville a frappé mon oreille.

GA. Et d'une chaste honte *armez votre poitrine.*

RA. Je pensais qu'à l'amour son cœur toujours fermé,
Fût contre tout mon sexe également armé...
Ah Dieux! lorsqu'à mes yeux l'ingrat inexorable [1]
S'armait d'un œil si fier, d'un front si redoutable...

GA. Tu ne saurais fuir mes homicides traits...
Mes traits sont inconnus, ils sont inévitables.

RA. Misérable, tu cours à ta perte infaillible...
Un Dieu vengeur te suit, tu ne peux l'éviter [2].

GA. O maison désolée, ô maison misérable!

RA. O désespoir, ô crime! ô déplorable race!

GA. Pourras-tu regarder le saint trône des Dieux?
Pourras-tu plus lever la face vers les cieux?

RA. Misérable et je vis et je soutiens la vue
De ce sacré soleil dont je suis descendue!

GA. Et *les sanglantes mains* coupables de l'outrage
De ce jeune seigneur à la fleur de son âge.

RA. Mes homicides mains promptes à me venger,
Dans le sang innocent brûlent de se plonger [3].

1. Corneille :

> De cet heureux ingrat, si cruel envers vous.
> A mes soumissions vous fait inexorable.

2. Rotrou :

> D'un infaillible pas tu cours au précipice.

3. Boileau (curieuse réminiscence) :

> Leur venin qui sur moi brûle de s'épancher.

A connu *le cœur homicide*
Des femmes qu'on ne daigne aimer...
Elle ne brasse que vengeance...
Ardent de venger son refus...

Je ne projète en moi que désastre et qu'horreur.
O cruelle! ô traîtresse! ô adultère infâme!
Je respire à la fois l'inceste et l'adultère.

Ton beau-père Minos excuserait ton tort.
Minos juge aux enfers tous les pâles humains.

Que puisses-tu bientôt dedans l'onde oublieuse
Ensevelir mon crime et ta mort outrageuse?
                              D'une action si noire
Que ne peut avec elle expirer la mémoire [1]!

Se hausse jusqu'au ciel, se dresse montagneuse.
S'élève à gros bouillons une montagne humide [2].

L'écume avec le sang de la bouche leur sort [3].
Ils rougissent le mors d'une sanglante écume.

Où le sang nous guidait d'une vermeille trace.
De son sang généreux la trace nous conduit.

1. Corneille :
    Et plus j'ai fait pour vous, plus l'action est noire.
2. Alexandre Hardy:
    Retourne donc, ingrat, sur tes humides pas.
3. Ce vers de Garnier a servi évidemment de modèle à celui de Racine.

GA. Et que toujours mon mal se présente à mes yeux.

RA. Confus, persécuté d'un mortel souvenir.

GA. Si nous vous eussions vu, quand votre géniteur
     Vint en l'île de Crète, Ariane ma sœur
     Vous eût plutôt que lui, par *son fil salutaire*,
     Retiré des prisons du roi Minos son père.

RA. Par vous aurait péri le monstre de la Crète...
     Ma sœur du fil fatal eût armé votre main...
     Mais non, dans ce dessein je l'aurais devancée,...
     C'est moi, prince, c'est moi dont l'utile secours...

GA. Quand il est arrêté, mon enfant, que l'on meure,
     On n'y peut reculer d'une minute l'heure.

RA. Ah! seigneur, si votre heure est une fois marquée,
     Le ciel de vos raisons ne sait pas s'informer.

GA. Il est aisé d'entrer dans le pâle séjour.

RA. Mais qu'il n'a pu sortir de ce triste séjour.

GA. Hélène Lédéanne aussitôt il ne vit,
     Qu'épris de sa beauté, corsaire, il la ravit.

RA. On dit que ravisseur d'une amante nouvelle.

GA.   Celle-là forcene en la sorte,
          Voire d'une fureur plus forte,
          Qui dédaignée en son amour
          Porte au cœur la haine à son tour.

RA. Et d'un refus cruel l'insupportable injure.

G.A. Voici notre ennemi, le Troïque flambeau.

R.A. Mais j'aperçois venir sa mortelle ennemie.

ALEXANDRE HARDY (*Ariane*)

Les plus heureux amants ce sont les plus faussaires,
Qui changent vagabonds de maîtresse et d'amour.

RACINE

Volage adorateur de mille objets divers.

ALEXANDRE HARDY (*Ariane*)

Captif du labyrinthe aux inconnus détours.

RACINE

Vous eût du labyrinthe enseigné les détours.

ALEXANDRE HARDY (*Alcméon*)

Il faut que du pervers
A quel prix que ce soit je purge l'univers.

RACINE

Reste impur des brigands dont j'ai purgé la terre.

ALEXANDRE HARDY (*Ariane*)

Où mes baisers lassaient son impudique bouche.

RACINE

Phèdre seule charmait tes impudiques yeux.

R.A. Par vos faibles genoux que je tiens embrassés.

G.A.   (*Antigone.*)

Par cette douce main tremblante de faiblesse,
Et par ces chers genoux que je tiens embrassés.

11

RA. Tu le veux, lève-toi.

GA. Ma fille, lève-toi.

RA. Vous voyez devant vous un prince déplorable.

GA. O espérance vaine, o enfant *déplorable!*

RA. La rappelle à la vie ou plutôt aux douleurs.

GA. Terminez, je vous pri, ma douleur et ma vie.

RA. Mais ne différez point, chaque moment vous tue.
Réparez promptement votre force abattue.

GA. Je ne vous requiers pas que le deuil qui vous tue
Vous veuillez dépouiller de votre âme abattue.

RA. Et la haine irritant une flamme rebelle
Prête à son ennemie une grâce nouvelle.

GA.   (*Antoine.*)
                    Cette amour insensée,
Dont ma belle *ennemie* allechante attrapa
Ma peu caute raison....

RA. Qu'à bon droit votre gloire en tous lieux est semée[1]?

GA. (*Bradamante.*) *Dieu sème* en bons endroits notre bonne
                                        [fortune.

RA. Ne peut ni soupirer, ni brûler que pour elle.

GA. Vous me faites mourir de vous voir *soupirer.*

1. Alexandre Hardy :
        Qui sait par l'univers mes victoires semées.

RA. Mon âme chez les morts descendra la première,
Mille chemins ouverts y conduisent toujours
Et ma juste douleur choisira les plus courts [1].

GA. (*Antigone.*)
Quiconque veut mourir trouve la mort à point.
Mille et mille chemins au creux Acheron tendent,
Et tous hommes mortels quand leur plaît y *descendent* [2].

RA. Par un charme fatal vous fûtes entraînée.

GA. Pour Dieu, mon géniteur, apaisez votre mal,
Puisqu'il ne vient de crime, ains d'un malheur *fatal.*

RA. Madame, rappelez votre vertu passée.

GA. Il vous faut rappeler les vertus exilées.

RA. Va, laisse-moi le soin de mon sort déplorable...
Je l'ai rendue horrible à ses yeux inhumains.

GA. Votre sort *inhumain* de cela vous délivre.

RA. Lieux profonds et voisins de l'empire des ombres.

GA. (*Hippolyte.*)
Depuis que sous la voûte horriblement profonde,
— Suis-je encor aux enfers entre les cris des ombres?

RA. O ciel! de ma prison pourquoi m'as-tu tiré?

1. **Corneille :**
   Ce sont pour l'apaiser les chemins les plus courts.
2. **Alexandre Hardy :**
   Mille et mille chemins à l'Achéron nous rendent.
   Et malgré leur vouloir tous les hommes y tendent.

GA. Las! que ne suis encore où j'étais, aux enfer-,
     Enfermé pieds et mains d'*insupportables* fers!
     — Échappé de ta geôle où vif je languissais.

RA. Je crois te voir chercher un supplice nouveau;
     Toi-même de ton sang devenir le bourreau.
GA. Là déjà je te vois portant l'affliction
     De quelque Prométhée ou de quelque Ixion,
     D'un Typhon, d'un Sisyphe, et si l'horreur noircie
     De Pluton garde encore un plus âpre tourment,
     L'on t'en ira gesner perpétuellement.

RA. Je servais à regret ses desseins amoureux.
GA. Pyrithoïs l'a contraint d'aller avecque soi.

RA. Souffrez que pour jamais le tremblant Hippolyte.
GA. Que de vous attendait ma *tremblante* vieillesse.

RA. Qu'il mette sur son front le sacré diadème.
GA. Prenez le sceptre en main, *mettez-vous sur le front*
     Le royal diadème....

RA. Je l'évitais partout, ô comble de misère!
GA. *Le comble du malheur* qui vous fait lamenter.

RA. Mon pays, mes enfants, pour vous j'ai tout quitté.
     Pour la servir, j'ai tout fait, tout quitté.
GA. Ores, j'ai tout quitté pour toi, mon Antigone,
     J'ai laissé femme, enfants et de Thèbes le trône.

RA. Misérable, et je vis! et je soutiens la vue
De ce sacré soleil dont je suis descendue!
Le ciel, tout l'univers est plein de mes aïeux.
Où me cacher? Fuyons dans la nuit infernale.

GA. (*Antigone.*)
Mais ce n'est pas assez, car du ciel je suis vu,
Le ciel tous regardant est témoin de mon crime,
Et ne m'engouffre, hélas! sous l'infernal abîme...

RA. Hélas, du crime affreux dont la honte me suit...

GA. La mort qui me suivait tiré de la mamelle.
... Comme il se montre à moi, terrible, épouvantable
Comme il me suit toujours et m'est inséparable!

RA. Mes crimes désormais ont comblé la mesure,
Je respire [1] à la fois l'inceste et l'imposture.

GA.   Penses-tu qu'il me reste
Encore un parricide et encore un inceste?

RA. Déjà même au tombeau je songeais à vous suivre.

GA. Rien, rien ne nous pourra séparer que la mort,
Je vous serai compagne en bon et mauvais sort.

RA. Voulez-vous sans pitié laisser finir vos jours?

GA. Voulez-vous succomber sous une adversité?
S'il vous plaît de mourir et qu'une mort soudaine,
Seule puisse étouffer votre incurable peine,

1. Alexandre Hardy :
    S'ils désirent la paix, affecter le repos,
    La guerre, respirer le fer et le carnage.

Je mourrai comme vous...
N'aurez-vous point pitié de ma douleur amère?

RA. Madame, je cessais de vous presser de vivre,
Mais ce nouveau malheur vous prescrit d'autres lois...
Sa mort vous laisse un fils à qui vous vous devez,
Esclave s'il vous perd et roi si vous vivez.

GA. (*Antigone.*)
Quand vous n'auriez, mon père, autre cause de vivre
Que pour Thèbes défendre et la rendre délivre
De combats fraternels, vous ne devez mourir,
Ains vos jours prolonger pour Thèbes secourir...
Votre vie est la nôtre et qui l'aurait ravie
Aurait ravi de vous et de chacun la vie...

RA. Quoi! vous ne perdez point cette cruelle envie
Vous verrai-je toujours renonçant à la vie?
Dans le doute mortel dont je suis agité.

GA. Ce *mortel* pensement, je vous prie, effacez
De votre âme affligée et laissez *cette envie*
De mourir où le sort trop *cruel* vous convie.

RA. Eh bien! à tes conseils je me laisse entraîner,
Vivons, si vers la vie on peut me ramener.

GA. Ton louable désir sera de moi vainqueur,
Je vivrai, ma mignonne, afin de te complaire,
Et traînerai mon corps par ce mont solitaire,
Autant que tu voudras.

RA. Qu'il n'entraine après lui tout ce peuple volage.

GA. Oui des *volages* Dieux, des dieux légers n'a crainte.

RA. Mes homicides mains promptes à me venger.

GA. J'opposai ma poitrine à son glaive *homicide*.

RA. Hélas! de vos malheurs innocente ou coupable.

GA. D'un sort contraire était *coupable et innocente*.

RA. Mais ce coupable amour dont il est dévoré.

GA. *La Troade.*)

Plus je suis en repos, plus ce funeste songe

Ancré dedans mon cœur *me dévore* et me ronge.

RA. Vient se rassasier d'une si chère vue.

GA. J'ai encore du sang pour le *rassasier*.

RA. Tu m'oses présenter une tête ennemie.

GA. (*Antigone.*)

Tournant le dos fuitif à la pointe *ennemie*.

RA.   Ah! douleur non encore éprouvée!

Tout ce que j'ai souffert, mes craintes, mes transports,

N'était qu'un faible essai du tourment que j'endure[1].

GA. (*Porcie.*)

O douleur, qui n'as point de douleur comparable!

Tes douleurs, tes tourments, tes larmes écoulées,

Las! ne sont pas pour être aux miennes égalées!

1. Thomas Corneille (*Ariane*) :
  Peignez-lui bien l'excès du tourment que j'endure.

RA. La mort aux malheureux ne cause point d'effroi.

GA.   La mort est douce à ceux
Qui souffrent, comme moi, quelque mal angoisseux.

RA. A-t-elie en l'accusant osé noircir sa vie?

GA. Que leur peureuse mort *noircissait* d'infamie.

RA. Misérable et je vis!

GA. (*Cornélie.*)
Et je vis misérable!

RA. Dans la profonde mer Œnone s'est lancée.

GA. (*Cornelie.*)
Et sanglant élancé dedans la mer voisine.

RA. Moi régner, moi ranger un peuple sous ma loi,
Quand ma faible raison ne règne plus sur moi!

GA. (*Antoine.*)
                          Où à peine es-tu maître
De toi, qui le soulait de tant de peuples être.

RA. J'ai langui, j'ai séché dans les feux, dans les larmes[1].

GA. Je l'aime, ançois je brûle au feu de son amour.

RA. Craint-on de s'égarer sur les traces d'Hercule?
Quels courages Vénus n'a-t-elle pas domptés?

GA. (*Antoine.*)
Quoi! le fameux Alcide, Alcide la merveille
De la terre et du ciel, en force non pareille,

1. Thomas Corneille (*Ariane*) :
J'ai souffert, j'ai langui, d'amour tout consumé.

Ne ploya sous le faix de cette volupté,
De cette passion ne se vit pas *dompté*?

A. Sa mort vous laisse un fils à qui vous vous devez,
Esclave, s'il vous perd, et roi si vous vivez.
Sur qui dans vos malheurs voulez-vous qu'il s'appuie?
Ses larmes n'auront plus de main qui les essuie?

GA.   Pour vos enfants *vivez*!
Et d'un sceptre si beau mourant ne les privez!
Hélas! que feront-ils, qui en prendra la cure?
Qui vous conservera, royale géniture?
Qui en aura pitié? Déjà me semble voir
Cette petite enfance en servitude choir.

RA. Quelles sauvages mœurs, quelle haine endurcie
Pourrait, en vous voyant, n'être pas adoucie?
Quand même ma fierté pourrait s'être adoucie[1].

GA. (*Les Juives.*)
O seigneur, notre Dieu! ton cœur soit *adouci*!
Mais, hélas! bien souvent notre âme est *endurcie*.

RA. La mort aux malheureux ne cause point d'effroi.
GA. La mort aux affligés vient toujours trop tardive.

RA. Déjà de son travail se reposait sur vous.
GA. Au bout de mes *travaux* je suis presque arrivée.

1. Desportes :

    Ou de peur qu'à la fin votre cœur endurci
    Touché de mes douleurs ne se rende adouci.

RA.   Ismène, dis-tu vrai? N'es tu pas abusée?

GA.   Partant cette douceur ne vous doit *abuser*.

RA.   Pouvez-vous d'un superbe oublier les mépris?

GA.   Que j'aime un arrogant qui est sourd à ma voix!

RA.   Et combien sa rougeur a redoublé ma honte.

GA.   Fait *redoubler* sa haine ainsi qu'il semble à voir.

RA.   Je me cachais au jour, je fuyais la lumière.

GA.   Je ne veux plus du jour, j'ai sa lampe odieuse.

RA.   Ses longs mugissements font trembler le rivage.

GA.   (*Bradamante.*)

     L'océan en frémit, la terre en *tremble* toute.

RA.   Pour bannir l'ennemi dont j'étais idolâtre [1].

GA.   Et les aspres assauts de sa *douce ennemie*.

RA.   Libres dans nos malheurs, puisque le ciel l'ordonne,
     Le don de notre foi ne dépend de personne.

GA.   Le cœur toujours demeure en sa libre franchise;
     Le voudriez-vous forcer en un si libre affaire?
     L'amour ne se gouverne à l'appétit d'autrui.

RA.   J'offrais tout à ce Dieu que je n'osais nommer.

GA.   Léon ne lui est propre ores qu'il fut *un Dieu*.

RA.   J'ai fait l'indigne aveu d'un amour qui l'outrage.
     — Non, je ne puis souffrir un bonheur qui m'outrage.

---

1. Alexandre Hardy :
     Revoir l'unique objet qu'idolâtre mon âme.

— Et le ciel et l'époux que ma présence outrage.

A. O d'un sort *outrageux* trop outrageux assaut !

A. L'hymen n'est point toujours entouré de flambeaux.

A. Que je meure d'angoisse et qu'au lieu du flambeau
De notre heureux hymen, vous trouviez un tombeau.

A. Et si lors qu'avec vous nous tremblons pour ses jours,
Tranquille, et nous cachant de nouvelles amours.

A. S'il vit, s'il est épris de quelque amour nouvelle !

A. Les Dieux après six mois enfin m'ont regardé.

A. *Bradamante*.)
(Dieu) A *regardé* ses pleurs au milieu de son ire.

A. Ah ! cruel, tu m'as trop entendue !
— C'est peu de t'avoir fui, cruel, je t'ai chassé !

A. Cherchez, suivez, trouvez, ce Roger, ce *cruel* !

RA. Jusqu'au dernier soupir de malheurs poursuivie.

RA. Trop longtemps jusqu'ici *de malheurs poursuivie*.

RA. Aux portes de Trézène et parmi ces tombeaux
Des princes de ma race antiques sépultures,
Est un temple sacré formidable aux parjures.
Là, si vous m'en croyez, d'un amour éternel,
Nous irons confirmer le serment solennel.
Nous prendrons à témoin le Dieu qu'on y révère.

RONSARD

Si le matin, dès l'aurore vermeille,

Te plaît venir au bocage sacré
Où mes aïeux, à côté d'un beau pré,
Ont fait bâtir d'Hécate le grand temple,
Plus privément, en imitant l'exemple
Des amoureux, tu me diras ton *soin*,
Le lieu sacré nous servant de témoin.

RACINE

J'aime, je l'avouerai, cet orgueil généreux
Qui jamais n'a fléchi sous le joug amoureux,
... Et vaincu plus souvent et plutôt surmonté....

RONSARD

Qui de mon cœur remporte pour conquête
L'orgueil premier qui n'avait point été
D'un autre amour que le tien surmonté.

RACINE

Par quel trouble me voi-je emporté loin de moi?
Maintenant je me cherche et ne me trouve plus.

RONSARD

Que mon penser d'un autre prend naissance,
Que je m'oublie et qu'un nouvel émoi
Me trouble toute et m'envole de moi.

RACINE

Soumis, apprivoisé, reconnaît un vainqueur.

RONSARD

De confesser qu'amour soit ton vainqueur.

RACINE

Portant partout le trait dont je suis déchiré.

RONSARD

Ainsi Climène, en son esprit errante,
Court et recourt, sans voir jamais osté
L'importun trait qui navre son côté.

RACINE

Devant ses yeux cruels une autre a trouvé grâce.

DESPORTES

Et que vos yeux cruels ne me soient jamais doux.

RACINE

La pâleur de la mort est déjà sur son teint.

DESPORTES

Sa joue est toute teinte en mortelle couleur.

RACINE

Et ce feu dans Trézène a donc recommencé.

DESPORTES

Mes feux et vos beautés continueront aussi.

RACINE

Quel fruit recevront-ils de leurs vaines amours?
Il faut d'un vain amour étouffer la pensée.

DESPORTES

Des succès incertains de vos vaines amours.

RACINE

Va trouver de ma part ce jeune ambitieux,
Ne rougis pas de prendre une voix suppliante !

VIRGILE

I soror, atque hostem supplex affare superbum.

RACINE

Tes discours trouveront plus d'accès que les miens.

VIRGILE

Sola viri molles aditus et tempora noras.

RACINE et ALEXANDRE HARDY

RA. Je te laisse trop voir mes honteuses douleurs.

HA. Qui soupire à demi ses honteuses douleurs.
— Ne découvre que trop ses muettes douleurs.

RA. Et je m'en vais pleurer leurs faveurs meurtrières.

HA. Qu'au travers on lirait une fraude meurtrière.

RA. Des sentiments d'un cœur si fier, si dédaigneux.

HA. Un dédaigneux refus te condamne à mourir.

RA. Tu m'oses présenter une tête ennemie.
Athènes me montra mon superbe ennemi.

HA. Un superbe ennemi te présente sa tête.

RA. Moi-même il m'enferma dans les cavernes sombres.

HA. Que ce mâtin[1] tenait captif en sa caverne.

RA. D'une tige coupable il craint un rejeton.

HA. Ainsi père orphelin d'un surjon précieux,
Digne de repeter sa tige dans les cieux.

1. Il s'agit de Cerbère.

RA. Quelles sauvages mœurs, quelle haine endurcie,
     Pourrait en vous voyant, n'être pas adoucie?
HA. Qu'on ne puisse adoucir tes féroces humeurs.

RA. Enfin tous tes conseils ne sont plus de saison.
HA. Que les communs moyens ne sont plus de saison.

RA. O toi! qui vois la honte où je suis descendue,
     Implacable Vénus, suis-je assez confondue!
HA. Déplorable Célie, où te vois-tu réduite?
     Ta honte virginale autant vaut mise en fuite.

RA. Son épée en vos mains heureusement laissée.
HA. Non plus que nos malheurs heureusement finis.

RA. Je le vois comme un monstre effroyable à mes yeux!
HA. Ah! monstre, que tu m'es effroyable d'abord!

RA. Pour bannir l'ennemi dont j'étais idolâtre.
HA. Celle qui te brûlait d'un idolâtre amour.

RA. Hélas! du crime affreux dont la honte me suit.
HA. Et moi, toujours pressé du bourreau qui me suit.

RA. Et ce fer malheureux profanerait ses mains.
HA. Ne veut que profaniez votre illustre valeur.

RA. Volage adorateur de mille objets divers.
HA. Caméléon, de qui le variable amour
     A mille impressions diverses en un jour.

R.A. On sème de sa mort d'incroyables discours.

HA. Ses louanges plus loin que le monde semées.

R.A. Modère tes bontés dont l'excès m'embarrasse.

HA. Modère, je te prie, un excès d'amitié.

R.A. Déjà plus d'un tyran, plus d'un monstre farouche,
Avait de votre bras senti la pesanteur.

HA.   Ils font sentir aux parjures ingrats
La pesanteur fatale de leurs bras.

R.A. A quel nouveau tourment je me suis réservée.

HA. A de pires tourments te reserve, pervers.

R.A. Hélas! ils se voyaient avec pleine licence.

HA. Tu puises des faveurs avec pleine licence.

R.A. Que mon cœur, chère Ismène, écoute avidement.

HA. Il le dévorerait, avidement cherché.

R.A. Vous nourrissez un feu qu'il vous faudrait éteindre.

HA. Et d'allumer un feu qu'il ne saurait éteindre.

R.A. Et dans un fol amour ma jeunesse embarquée.

HA. De l'honneur embarquée irai-je au changement?

R.A. Œnone, prend pitié de ma jalouse rage!

HA. Se laisse maîtriser d'une jalouse rage.

R.A. Et leur osent du crime applanir le chemin.

HA. Désirant m'applanir le chemin de sa grâce.

RA. Et que du fol amour qui trouble ma raison.

HA. Du mal désespéré qui trouble ma raison.

RA. Ma blessure trop vive aussitôt a saigné.

HA. Et que toujours ta perte en nos cœurs saignera.

RA. Ainsi que la vertu le crime a ses degrés.

HA. Ce ne sont qu'eschelons qui la vertu sublime
     Montent dedans le ciel, sa palme légitime.

RA   Confus, persécuté d'un mortel souvenir.

HA. Une même douleur persécute mes jours.

RA. Cette âme si superbe est enfin dépendante.

HA. Vous fureurs, des décrets d'Eaque dépendantes.

RA. Je vois de ses froideurs le principe odieux.

HA. Un principe mauvais a souvent bonne issue.

RA. J'aime en lui sa beauté, sa grâce tant vantée,
     Présents dont la nature a voulu l'honorer.

HA. La beauté que nature a mis sur son visage.

HA. C'est Vénus tout entière à sa proie attachée.

HA. Comme veneurs experts, en embûche posés,
     Désirent, sur la proie acharnés, la surprendre.

RA. M'ont fait succer encor cet orgueil qui t'étonne.

HA. Qui succe avec le lait la haine héréditaire.

RA. De son fatal hymen je cultivais les fruits.

HA. Reste à nous assurer que ces petites plantes,
Plantes qu'à la vertu cultive son amour.

RA. Et moi-même à mon tour je me verrais lié,
Et les Dieux jusque-là m'auraient humilié!

HA. Qui voit que son captif à genoux s'humilie,
Et de ses propres mains volontaire se lie.

RA. Je n'osais dans mes pleurs me noyer à loisir.

HA. Les yeux noyés d'un gros fleuve de pleurs.

RA. Qui n'a jamais fléchi sous le joug amoureux.

HA. Joint que ma liberté fuit le joug amoureux [1].

RA. Qu'est-ce que j'entends, un traître, un téméraire
Préparait cet outrage à l'honneur de son père!

HA. S'usurper téméraire une telle licence!
Enfreindre le respect paternel, effronté!

RA. Je goûtais en tremblant ce funeste plaisir.

HA. Que de me replonger en ces funèbres craintes.

RA. Me puis-je, avec honneur, dérober avec vous?

HA. Te serais-tu, cruel, dérobé de mon cœur?

RA. Quand sous un joug honteux à peine je respire.

HA. Que sous son pesant faix à peine je respire.

1. Ce vers est tiré de *Felismène* où l'on voit aux prises deux
femmes jalouses.

RA. Hélas! du crime affreux dont la honte me suit,
     Jamais mon triste cœur n'a recueilli le fruit.

HA. Te voir du fruit lascif de ton crime frustré.

RA. Non, mais je viens tremblante, à ne vous point mentir,
     J'ai pâli du dessein qui vous a fait sortir.

HA. Tremblotante, je viens le motif enquérir,
     De pure affection, prête à vous secourir.

RA. Et d'un cruel refus l'insupportable injure.

HA. Plutôt que de souffrir l'injurieux affront.
     Qui ne peut espérer que l'affront d'un refus.
     — Accroisse des tyrans l'insupportable orgueil.

RA. Hercule à désarmer coûtait moins qu'Hippolyte.

HA. Plus en pareil exploit aventureux qu'Hercule.

RA. Ma lâche complaisance ait nourri le poison.

HA. Nourrir de mes douleurs la longue violence.

RA. Puis-je vous demander quel funeste nuage
     Seigneur a pu *troubler* votre auguste visage?

HA. Quel nuage ce front soucieux enveloppe?

RA. Observer de quel front j'ose aborder son père.

HA. Douteuse de quel front je pourrai l'aborder.

RA. Joignez-vous bien plutôt à mes vœux légitimes.

HA. Ou prodigue vers lui de faveurs légitimes.

RA. Cependant sur le dos de la plaine liquide
     S'élève à gros bouillons une montagne humide.

HA. Je l'irais arracher dedans ses bras liquides,
     En dépit des Tritons, de tous les dieux humides.

RA. Même aux pieds des autels que je faisais fumer,
J'offrais tout à ce Dieu que je n'osais nommer.

HA. Que de nouveaux autels fument en ton saint nom !

RA. Pour ceux qui, comme toi, par de lâches adresses
Des princes malheureux nourrissent les faiblesses.

HA. De l'oreille des rois subtils empoisonneurs.

RA. Asservi maintenant sous la commune loi.

HA. Mais la nécessité d'amour n'a point de loi.

RA. La fortune à mes vœux cesse d'être opposée,
Madame et dans vos bras met...

HA. Je ne redoute plus de puissances contraires,
Entre vos bras rendu, chère moitié de moi[1]...

RACINE

La lumière du jour, les ombres de la nuit,
Tout retrace à mes yeux les charmes que j'évite.

PETRONE

Te vigilans oculis, animo te nocte requiro.
Vidi ego me tecum falsa sub imagine somni.

1. Plusieurs de ces vers sont tirés *d'Alcméon*, pièce où Alphesibée est représentée jalouse jusqu'à la fureur. Alexandre Hardy, cet écrivain inégal, mais fécond, qui a longtemps régné sur la scène française et dont le système dramatique offre, toute distance gardée, les plus curieuses analogies avec celui de Shakespeare, n'était pas le simple *barbouilleur* que quelques-uns ont dit. C'était un homme du métier; son œuvre, d'une lecture ardue, est pleine d'enseignements. C'est une mine, abandonnée aujourd'hui, mais qui a été explorée dans tous les sens au xvII[e] siècle.

RACINE

Tout vous livre à l'envi le rebelle Hippolyte.

PETRONE

Quis locus insidiis dabitur mihi tutus amoris?

RACINE

Où la vertu respire un air empoisonné.

PETRONE

Ventosa haec et enormis loquacitas animos juvenum ad magna surgentes veluti pestilenti quodam sidere adflavit.

RACINE

Défend à tous les Grecs de soupirer pour vous.

LEVERT

Est-il d'autres amants qui soupirent pour vous?

RACINE

De porter la douleur dans une âme insensible.

LEVERT

Je veux porter la haine au milieu de son cœur.

RACINE

Je ne sais où je vais, je ne sais où je suis.

DESPORTES

Je ne sais que je fais, je ne sais où je suis.

RACINE

Sont-ils d'accord tous deux pour me mettre à la gêne?

LEVERT (*Le docteur amoureux*)

Mais que de toutes parts mon âme est à la gêne.

RACINE et THOMAS CORNEILLE

THOMAS CORNEILLE
Et sa triste langueur
Vous fait lire en ses yeux ce que souffre son cœur.

CORNEILLE
Ses regards de sur vous ne pouvaient se distraire[1].

RACINE
Ses yeux qui vainement voulaient vous éviter,
Déjà pleins de langueur ne pouvaient vous quitter.

THOMAS CORNEILLE
N'importe, essayez tout, parlez, priez, pressez!

RACINE
Presse, pleure, gémis, peins lui Phèdre mourante!

THOMAS CORNEILLE
Où tout me désespère, où tout blesse mes yeux.

RACINE
Phèdre ici vous chagrine et blesse votre vue.

---

1. Quand nous citons des vers de Pierre Corneille, nous ne mentionnons pas, comme pour Thomas, le prénom.

THOMAS CORNEILLE

Combien il est sorti satisfait de ma haine.

RACINE

Comme il ne respirait qu'une retraite prompte!

THOMAS CORNEILLE

Triomphent par leur fuite et bravent ma fureur!
Leur triomphe me tue...

RACINE

De leur triomphe affreux je les verrais jouir!

THOMAS CORNEILLE (*Ariane*)[1]

Peut-être en ce moment aux pieds de ma rivale,
Il rit des vains projets où mon cœur se ravale!
Tous deux peut-être...

RACINE

Au moment où je parle, ah! mortelle pensée,
Ils bravent la fureur d'une amante insensée!

THOMAS CORNEILLE

J'ai trop gémi, j'ai trop pleuré tes injustices.

RACINE

Ariane aux rochers contant ses injustices.

THOMAS CORNEILLE

La perfide abusant de ma tendre amitié.

RACINE

La perfide abusant de ma faiblesse extrême.

---

1. L'*Ariane* de Thomas Corneille avait été représentée en 1672
avec un très grand succès. Racine en a imité le ton, les caractères, et jusqu'aux jeux de scène.

THOMAS CORNEILLE

Et si mon triste cœur à l'amour s'est rendu.

RACINE

Jamais mon triste cœur n'a recueilli le fruit.

THOMAS CORNEILLE

Pourquoi m'ouvrir les yeux quand je veux les fermer.

RACINE

Thésée ouvre vos yeux en voulant les fermer.

THOMAS CORNEILLE

Souvent ce qui nous plaît par une erreur fatale.

RACINE

Par un charme fatal vous fûtes entraînée.

THOMAS CORNEILLE

Vous trouveriez bien mieux le chemin de son cœur.

RACINE

Aricie a trouvé le chemin de son cœur.

THOMAS CORNEILLE

Prenez pour l'arracher à son nouveau penchant.

RACINE

Ils suivaient sans remords leur penchant amoureux.

THOMAS CORNEILLE

Pour émouvoir l'ingrat, pour fléchir sa rigueur.

RACINE

Pour le fléchir enfin cherche tous les moyens.

RACINE et PIERRE CORNEILLE

RACINE

Ce farouche ennemi, qu'on ne pouvait dompter[1],
Soumis, apprivoisé, reconnaît un vainqueur!

CORNEILLE

Contre un esprit farouche
Qu'il faut apprivoiser presque insensiblement[2].

RACINE

— Hippolyte aime et je n'en puis douter.

CORNEILLE

Hippolyte le charme, Hippolyte lui plaît!

RACINE

Par tes conseils flatteurs tu m'as su ranimer.

CORNEILLE

Et mon amour *flatteur* déjà se persuade.
Je me laisse charmer à ce discours flatteur.

---

1. Al. Hardy :
    Aux attraits de ma fille est devenu domptable.
    — Qui fut jusques ici cet indomptable Achille.
2. Hardy :
    Le réduit peu à peu, l'apprivoise farouche.

RACINE

Hippolyte étendu sans forme et sans couleur.

CORNEILLE

J'ai couru sur le lieu sans force et sans couleur.

RACINE

Moi! que j'ose opprimer et noircir l'innocence!

CORNEILLE

Quoi! trahir un ami!
— Sut donner un faux crime à la même innocence.

RACINE

Madame, et pour sauver votre honneur combattu,
Il faut immoler tout et même la vertu.

CORNEILLE

L'amour rend tout permis
Et même avec justice on peut trahir un traître!

RACINE

Ariane, ma sœur, de quel amour blessée.

CORNEILLE

Mais je sais un remède aux blessures du cœur.
— A ce charmant objet dont ton âme est blessée.

RACINE

Depuis près de six mois, honteux, désespéré.

CORNEILLE

Confus, désespéré du mépris de mes flammes.

RACINE

Portant partout le trait dont je suis déchiré.

CORNEILLE

Elle a reçu les traits d'un plus heureux vainqueur.

RACINE

Quel étrange captif pour un si beau lien !

CORNEILLE

Je me trouve captive en de si beaux liens.

RACINE

Dans le fond des forêts votre image me suit.

CORNEILLE

Même alors malgré moi son image me suit.

RACINE

Attaque un ennemi qui te soit plus rebelle.

CORNEILLE

Soit qu'elle fît dessein sur ce fameux rebelle.

RACINE

Je rends dans les tourments une pénible vie.

CORNEILLE

Accabler de malheurs ta languissante vie.

RACINE

Pour ceux qui, comme toi, par de lâches adresses.

CORNEILLE

Elle croit aux dépens de nos lâches faiblesses.

RACINE

Ne peut ni soupirer, ni brûler que pour elle.

CORNEILLE

J'aime, il n'est que trop vrai, je brûle, je soupire.

RACINE

Qui conduise vers vous ma démarche timide.

CORNEILLE

Y brave fièrement ma timide retraite.

RACINE

On craint que de la sœur les flammes téméraires.

CORNEILLE

Ton esprit insensible à mes feux innocents.

RACINE

Dédaignant de brûler d'une flamme innocente.
Ont brûlé quelquefois de feux illégitimes.

CORNEILLE

M'oses-tu reprocher des ardeurs légitimes?

RACINE

De ton horrible aspect purge tous mes états.

CORNEILLE

Va purger mes états d'un monstre tel que toi.

RACINE

De leur furtive ardeur ne pouvais-tu m'instruire?

CORNEILLE

Toi qu'un amour furtif souille de tant de crimes[1].

RACINE

Déesse, venge-toi, nos causes sont pareilles.

1. Alexandre Hardy :
Les furtives douceurs du Dieu qui nous assemble.

13.

CORNEILLE

Et m'aidez à venger cette commune injure.

RACINE

Soumise à mon époux et cachant mes ennuis,
De son fatal hymen je cultivais les fruits.

CORNEILLE

Au nom de notre amour sauvez deux jeunes fruits,
Que d'un premier hymen la couche m'a produits.

RACINE

Dans ses yeux insolents je lis ma perte écrite.

CORNEILLE

Après que tu m'as fait un insolent aveu.

RACINE

Le nom d'amour peut-être offense son courage.

CORNEILLE

Je veux que Célibée ait charmé ton courage.

RACINE

D'enchaîner un captif de ses fers étonné.

CORNEILLE

Dans son champ de victoire il se dit mon captif.
Mon cœur est un captif si peu digne de vous.

RACINE

Importune, peux-tu souhaiter qu'on me voie?

CORNEILLE

Nous allons vous quitter, comme objets odieux
Dont l'aspect importun offenserait les yeux.

RACINE

Ismène, dis-tu vrai, n'es-tu pas abusée?

CORNEILLE

Elvire, m'as-tu fait un rapport bien sincère?
Et si je ne m'abuse à lire dans son âme.

RACINE

Ce n'est donc point, Ismène, un bruit mal affermi.

CORNEILLE

Apprends-moi de nouveau quel espoir j'en dois prendre.

RACINE

Que mon cœur, chère Ismène, écoute avidement
Un discours qui peut-être a peu de fondement.

CORNEILLE

Un si charmant discours ne se peut trop entendre.

RACINE

Votre fortune change et prend une autre face.

CORNEILLE

Un moment donne au sort des visages divers.
Albe et Rome demain prendront une autre face.

RACINE

Étouffe dans le sang ses désirs effrontés.

CORNEILLE (*Clitandre*)

Exécrable, ainsi donc tes désirs effrontés.

RACINE

Hélas! du crime affreux dont la honte me suit,
Jamais mon triste cœur n'a recueilli le fruit.

CORNEILLE

Mais tels sont les excès du malheur qui m'opprime,
Qu'il ne m'est pas permis de jouir de mon crime;
Dans l'état pitoyable où le sort m'a réduit,
J'en mérite la peine et n'en ai pas le fruit.
— Peignez mes actions plus noires que la nuit,
Je n'en ai que la honte, il en a tout le fruit.

RACINE

Ses larmes n'auront plus de main qui les essuie.

CORNEILLE

Quand une main si chère eut essuyé mes larmes.

RACINE

Et puisse ton supplice à jamais effrayer
Tous ceux qui comme toi, par de lâches adresses....

CORNEILLE

Un supplice t'attend qui doit faire trembler
Quiconque désormais voudra te ressembler.

RACINE

Que Phèdre à ce moment, n'avait-elle mes yeux?

CORNEILLE

Ah! que n'as-tu ses yeux à lire dans mon âme?

RACINE

Un mortel désespoir sur son visage est peint.

CORNEILLE

Combler nos ennemis d'un mortel désespoir.

RACINE

Quelle haine endurcie
Pourrait en vous voyant n'être point adoucie?

CORNEILLE

Le moyen qu'il te voie et ne t'adore pas!

RACINE

Charmant, jeune, traînant tous les cœurs après soi.

CORNEILLE

C'est vous qui sous le joug traînez des cœurs si braves.

RACINE

Rendre au jour qu'ils souillaient toute sa pureté.

CORNEILLE

Pour rendre à la vertu toute sa pureté.

RACINE

Avec quelques couleurs qu'on ait peint ma fierté.

CORNEILLE

Avec quelles couleurs il faut peindre un mépris.

RACINE

Lui ravir tout à coup la parole et la vie.

CORNEILLE

Et perd, en ce moment, la vie avec la voix.

RACINE

Et comment souffrez-vous que d'horribles discours
D'une si belle vie osent noircir le cours.

CORNEILLE

Bien qu'un crime imputé noircisse ma valeur.
— Et ce rare attentat n'est qu'un trait de l'envie
Qui s'efforce à noircir une si belle vie.

RACINE

Sors, traître, n'attends pas qu'un père furieux
Te fasse avec opprobre arracher de ces lieux.

CORNEILLE

Mais contre la fureur de ce père irrité
Où pensez-vous trouver un lieu de sûreté?

RACINE

Sur les pas d'un banni craignez-vous de marcher?

CORNEILLE

De mépriser un roi pour un pauvre banni.

RACINE

Ne vous assurez pas sur ce cœur inconstant.

CORNEILLE

Aimer cet inconstant c'est tout ce que j'ai fait!

RACINE

Quelques crimes toujours précèdent les grands crimes,
Ainsi que la vertu le crime a ses degrés.

NICOLE (*de la Comédie*)

Il y a bien des degrés avant que d'en venir à une entière corruption d'esprit et de cœur.

RACINE

Si ta haine m'envie un supplice si doux.

ROTROU

Punissez-nous bientôt d'un supplice si doux.

RACINE

Quand je suis tout de feu, d'où vous vient cette glace?

ROTROU

De ce feu qui chez vous rencontre tant de glace.

RACINE

Confus, persécuté d'un mortel souvenir,

ROTROU

Je suis persécuté de ses folles amours.

RACINE

Je te laisse trop voir mes honteuses douleurs.

ROTROU

Honteusement épris des impudiques flammes.

RACINE

Le don de notre foi ne dépend de personne.

ROTROU

Et me laisse à mon gré disposer de ma foi.

RACINE

Ou si d'un sang trop vil ta main serait trempée.

ROTROU

Dans ton perfide sang elle serait trempée.

RACINE

De ses jeunes erreurs désormais revenu.

ROTROU

De mes longues erreurs la déplorable histoire.

RACINE

Hippolyte est sensible et ne sent rien pour moi!

ROTROU

Le duc aime Cassandre et j'étais assez vaine....

RACINE

Et moi, triste rebut de la nature entière.

ROTROU

Un rebut de fortune,
Aux siens, à la nature, à soi-même importune.

RACINE

Malheureuse, quel nom est sorti de ta bouche?

ROTROU

Si son nom sort jamais de sa profane bouche.

RACINE

Tout m'irrite et me nuit et conspire à me nuire.

ROTROU

Et font qu'en son chagrin tout l'irrite et lui nuit.

RACINE

Traître, tu prétendais qu'en un lâche silence
Phèdre ensevelirait ta brutale insolence.

ROTROU

Qui veut l'ensevelir dans la nuit du silence.

RACINE

Portant partout le trait dont je suis déchiré.

ROTROU

Et retirer d'un cœur indignement blessé,
Le trait empoisonné que tes yeux ont lancé.

RACINE

Œnone, qui l'eût cru, j'avais une rivale?
— Comment? — Hippolyte aime et je n'en puis douter.
Hippolyte est sensible et ne sent rien pour moi.
Aricie a son cœur, Aricie a sa foi.

THOMAS CORNEILLE (*Ariane*)

As-tu conçu mon infortune?
Il n'en faut point douter, je suis trahie, hélas!
Nerine....
Une autre passion dans son cœur a pu naître,
Thésée a de l'amour pour un autre que moi.

VERS DE RACINE A NOTER

Ce héros n'attend pas qu'une amante *abusée*.
Cher Théramène, arrête et respecte *Thésée*.
Ismène, dis-tu vrai, n'es-tu pas *abusée*?
C'est le premier effet de la mort de *Thésée*.
                    Que la reine *abusée*
En vain demande au ciel le retour de *Thésée* [1].

Prête à son *ennemie* une grâce nouvelle.
Ce farouche *ennemi* qu'on ne pouvait dompter.
Hippolyte en partant fuit une autre *ennemie* [2].
A ce fier *ennemi* de vous, de votre sang.
Athènes me montra mon superbe *ennemi*.
Attaque un *ennemi* qui te soit plus rebelle.
Tu m'oses présenter une tête *ennemie*.
Pour bannir l'*ennemi* dont j'étais idolâtre.

1. Thomas Corneille (*Ariane*) :
    Hélas ! il est donc vrai que mon âme abusée
    N'adorait qu'un ingrat en adorant Thésée.
2. Ronsard :
                    Elle qui sent parmi
    Ses propres os, loger son ennemi.

J'ai revu l'*ennemi* que j'avais éloigné.

Vous avez l'un et l'autre une juste *ennemie*.

Mais j'aperçois venir sa mortelle *ennemie*.

Pourriez-vous n'être plus ce *superbe Hippolyte*?

Ton nom semble offenser ses *superbes* oreilles.

Qu'une *superbe* loi semble me rejeter.

Cette âme si *superbe* est enfin dépendante.

Mais j'ai vu près de vous ce *superbe Hippolyte*.

Pouvez-vous d'un *superbe* oublier les mépris?

J'ai déclaré ma honte [1] aux yeux de *mon vainqueur*.

Aurais-je pour *vainqueur* dû choisir Aricie?

Soumis, apprivoisé, reconnaît *un vainqueur*.

Oui, prince, je languis [2], je *brûle* pour Thésée.

Il n'en faut point douter, vous aimez, vous *brûlez*.

Je sentis tout mon corps et transir et *brûler*.

N'a point d'un chaste amour *dédaigné de brûler*.

Ne peut ni soupirer ni *brûler* que pour elle.

Mon époux est vivant et moi je *brûle* encore.

Dédaignait de brûler d'une flamme innocente.

Avec quels *yeux cruels* sa rigueur obstinée [3].

1. Desportes :
   J'appends ces tristes vers, messagers de ma honte.
Alexandre Hardy :
   Déclarant le progrès de leurs amours furtives.
2. Garnier :
   Languirez-vous toujours, race de Jupiter,
   Sur ce monstre d'amour que vous dussiez dompter ?
3. Desportes :
   Et ne puis amollir un courage obstiné.

Devant ses yeux *cruels* un autre a trouvé grâce.

Et j'ai trop tôt vers toi levé mes *mains cruelles* [1].

Cruelle, pensez-vous être assez excusée?

Cruelle, quand ma foi vous a-t-elle déçue?

Et d'un refus *cruel* l'insupportable injure.

C'est peu de t'avoir fui, *cruel* [2], je t'ai chassé.

Cruelle, si tu veux une gloire nouvelle.

Si ta haine m'envie un *supplice si doux.*

A cherché dans les flots un *supplice trop doux.*

M'eut fait *succer encor cet orgueil* qui t'étonne.

(*Recherché.*)

Thésée ouvre vos yeux en voulant les fermer.

(*Précieux.*)

Enfin d'un chaste *amour* pourquoi vous effrayer?

S'il a quelque douceur n'osez vous *l'essayer* [3]?

(*On n'essaye pas un amour comme une chemise.*)

Voulez-vous sans pitié laisser finir vos jours?

(*Mignard.*)

Le flambeau *dure* encore et peut se rallumer.

1. Desportes :
    De vos cruelles mains faire tomber les armes.
  2. Le mot *cruel* est ici déplacé, c'est elle qui est cruelle de l'avoir chassé.
  3. Alexandre Hardy :
      Vient l'œil flambant d'une lubrique rage
      Par la prière essayer mon courage.

14.

J'en ai trop prolongé la *coupable durée.*
De victimes moi-même, à toute heure, entourée,
Je cherchais dans leur flanc ma raison égarée.
(Précieux.)

Je pressais son exil et mes *cris éternels*[1].
De son fatal hymen je cultivais les fruits[2].
(*Vague et précieuse périphrase.*)

Ont allumé le feu fatal à tout mon sang[3].
Dès vos premiers regards je l'ai *vu se confondre.*
On craint que de sa sœur les *flammes téméraires*
Ne raniment un jour la cendre de ses frères.
(Précieux.)

Et d'entrer dans un cœur de toutes parts ouvert[4].
(Précieux.)

Assez dans ses sillons votre sang englouti
A fait fumer le champ dont il était sorti.
(*Alambiqué.*)

Mes *seuls gémissements* font retentir les bois.
(*Elégant, mais équivoque.*)

1. Corneille (*Médée*) :
     Sa contestation deviendrait éternelle.
2. On ne cultive pas les fruits, on les récolte.
3. Desportes :
     Au milieu d'un grand feu qu'allument vos regards.
4. Garnier :
     Il (l'amour) a forcé le mur et planté l'étendard,
     Malgré ma résistance, au plus haut du rempart.

Quel étrange captif pour un si beau lien!

(*Précieux.*)

J'ignore si *ce cœur que je laisse en vos mains.*
Délivre l'univers d'un *monstre qui t'irrite.*

(*Faible.*)

Je l'ai rendue *horrible à ses yeux inhumains*[1].

(*Une épithète affaiblit l'autre.*)

Régner *et de l'État embrasser la conduite.*
Va trouver de ma part ce *jeune ambitieux.*
Vous daignâtes, seigneur, aux rives de Trézène
Confier en partant Aricie et la reine[2].
Souffrez que mon *courage* ose enfin *s'occuper.*

(*Faible.*)

Et ce *feu* dans Trézène a donc *recommencé!*

(*Prosaïque.*)

On sait de mes *chagrins* l'inflexible rigueur.

(*Vague.*)

Veillai-je, puis-je croire un semblable *dessein?*
Quel Dieu, seigneur, quel Dieu, l'a mis dans votre *sein?*

1. Desportes :
    O beaux yeux inhumains pourquoi m'embrasez-vous?

2. Comme le chimiste qui faisait une expérience devant un roi et commençait ainsi ses explications : « Ces deux gaz qui vont avoir l'honneur de se combiner devant Votre Majesté ».

Je n'ai pu soutenir tes larmes, *tes combats*[1].

Présents dont la nature a voulu *l'honorer*[2].

L'œil humide de *pleurs* par l'ingrat *rebutés*.

O déplorable race;

Fallait-il approcher de ces bords *dangereux*[3]?

Voyage infortuné, rivage *malheureux*[4]!

De mes faibles esprits peut ranimer le reste.

Voilà mon cœur, c'est là que ta main doit frapper,

Au-devant de ton bras je le sens qui s'avance.

Faut-il que sur le front d'un *profane* adultère?

Et l'on veut qu'Hippolyte épris d'un feu *profane*.

Osai jeter un œil *profane*, incestueux.

Mes *entrailles* pour toi se *troublent* par avance.

(*Comique.*)

Mais à te condamner tu m'as trop *engagé*.

(*Faible.*)

Déjà *de l'insolence heureux persécuteur.*

Respectez votre sang, j'ose vous en prier,

Sauvez-moi de l'horreur de l'entendre crier.

(*Alambiqué et précieux.*)

1. Corneille :
   Contre ses cruautés rends les mêmes combats.
2. Desportes :
   Et voir de mille coups ma poitrine honorée.
3. Alexandre Hardy :
   O mari déplorable, o sexe dangereux!
4. Alexandre Hardy :
   Mais, encor, dites-moi, ce motif malheureux.

A quels mortels regrets *ma vie est réservée.*
A quels nouveaux *tourments je me suis réservée!*
Il fallait bien souvent me *priver de mes larmes*[1].

(*Joli, mais précieux.*)

Les Dieux même, les Dieux de l'Olympe habitants,
Qui d'un bruit si terrible épouvantent les crimes.

(*Vague.*)

Eclaircissez Thésée.
Ai-je su *mettre au jour l'opprobre de son lit?*
L'hymen est pas toujours entouré de flambeaux.
Qui conduise vers vous *ma démarche timide.*

(*Maniéré.*)

Dans la profonde mer Œnone s'est lancée[2].
J'ai voulu devant vous *exposant mes remords.*

(*Recherché.*)

Mêler nos pleurs au sang de mon malheureux fils.

(*Précieux.*)

Et soudain *renonçant à l'amour maternelle.*

(*Faible.*)

Me *puis-je* avec honneur *dérober* avec vous?
Sors, traître, n'attends pas qu'un *père furieux.*

(*Un père ne s'applique pas cette épithète lui-même.*)

1. **Desportes :**
   Comblant mes yeux de pleurs et mon âme de rage.
   — Si vous pouviez, mes yeux, me fournir tant de pleurs.
2. **Vers élégant, académique, mais froid pour la circonstance.**
   Ronsard :
   Bien loin de Crète, en la profonde mer.

Projet audacieux, détestable pensée !

(Vague et déclamatoire.)

Allons, cherchons ailleurs par *quelle heureuse adresse*
Je pourrai de mon père émouvoir la tendresse.

(Faible et vague.)

Hercule *respirant sur le bruit de vos coups.*
Hippolyte est heureux qu'aux dépens de vos jours.

(Pour la mesure.)

OEnone, il peut quitter cet orgueil qui te blesse [1].

(On ne quitte pas un orgueil.)

Sers ma *fureur*, OEnone, et non pas ma raison.

(On ne parle pas ainsi de soi.)

Contre un ingrat qui plaît [2] recourir à la fuite.
Un fil n'eût point assez rassuré votre amante.

(Vague.)

Qu'un *soin* bien différent me trouble et me *dévore* [3]!

(Un soin qui dévore !)

Madame, il n'est pas temps de vous *troubler encore* [4].

1. Hardy :
       Jupiter amoureux dépose son orgueil.
2. Desportes :
       De cet heureux ingrat, si cruel envers vous.
3. Desportes :
       Un soin cruel ne le va dévorant.
4. Il n'est jamais temps de se troubler.

A **votre inimitié** *j'ai pris soin de m'offrir.*
Cependant vous sortez et je pars.

(Vague.)

Peut-être le récit *d'un amour si sauvage.*
Moi qui contre l'amour fièrement révolté.

(Dur.)

Aux fers de ses captifs **ai longtemps insulté.**
D'enchaîner un *captif* **de ses fers étonné** [1].

(Précieux.)

Mourez donc et gardez *un silence inhumain* [2].
Préparait moins de gloire aux *yeux qui m'ort dompté.*
Sa *présence* [3] **à ce bruit n'a point paru répondre.**

(Pour contenance.)

Pour *en développer l'embarras incertain.*
Souffrez que pour jamais *le tremblant Hippolyte.*
Tout vous livre à l'envi le *rebelle* **Hippolyte** [4].
Défend à tous les Grecs de *soupirer* **pour moi.**
Le fer moissonna tout, et la terre *humectée* [5].
But à regret **le sang des neveux d'Erectée.**

1. **Corneille :**
    Briser les fers honteux où me tient son empire.
2. **Levert** (*Le docteur amoureux*) :
    Il continue encor ce silence odieux.
3. **Desportes :**
    Comme indigne de voir votre heureuse présence.
4. **Desportes :**
    Pour être tout à vous et n'être plus à moi.
5. **Garnier :**
    Mes enfants n'ont assez empourpré cette terre !

Théramène est-ce toi? Qu'as-tu fait de mon fils?
Je te l'ai confié dès l'âge le plus tendre.

> (*Théramène sait bien qu'il a été le gouverneur d'Hippolyte.*)

De ses amis troublés demande les avis.

> (*Idée singulière.*)

Voler [1] vers vous *les cœurs par Thésée écartés.*
Je regardais ce soin d'un vainqueur soupçonneux [2].
La charmante Aricie a-t-elle su vous plaire?

> (*Étrange question après l'aveu que vient de faire Hippolyte
> à Théramène.*)

A nos amis communs portons *nos justes cris*;
Ne souffrons pas que Phèdre, *assemblant nos débris*,
Du trône paternel nous chasse l'un et l'autre.

POST-SCRIPTUM

En jetant les yeux sur une élégie bien connue, j'y
retrouve les vers suivants qu'on ne peut se dispenser
de reproduire en regard des pensées correspondantes
de *Phèdre*. On croit entendre un poète qui prend plaisir
à se répéter lui-même.

ÉLÉGIE

Tout ce qui me plaisait aujourd'hui m'importune.

1. Corneille :
   Et mes derniers soupirs ne volent qu'après toi.
2. Corneille :
   Soupçonneuse beauté, contente ton envie.

RACINE

Mon arc, mes javelots, mon char, tout m'importune.

ÉLÉGIE

Je n'ai point de repos, ni la nuit, ni le jour.
Incessamment Tyrcis occupe ma pensée.
Sans le voir, je le vois et mon âme blessée
Se trace nuit et jour ce fantôme charmant.

RACINE

La lumière du jour, les ombres de la nuit,
Tout retrace à mes yeux les charmes que j'évite.

ÉLÉGIE

De mes yeux languissants un éloquent silence
En dépit de moi-même explique ma souffrance.

RACINE

Il suffit de tes yeux pour t'en persuader.

ÉLÉGIE

Mais partout je le vois, partout je crois l'entendre.

RACINE

J'adorais Hippolyte et le voyais sans cesse.

ÉLÉGIE

Veux-tu vaincre mon cœur autrefois invincible.

RACINE

Mais de faire fléchir un courage inflexible.

ÉLÉGIE

Veux-tu rendre mon cœur à tes larmes sensible?

RACINE

De porter la douleur dans une âme insensible.

ÉLÉGIE

Quoique loin de mes yeux il m'est toujours présent.

RACINE

Présente je vous suis, absente, je vous trouve.

ÉLÉGIE

Peut-être en ce moment ta victoire est parfaite.

RACINE

Ton triomphe est parfait, tous tes traits ont porté.

ÉLÉGIE   [même.

Hélas! qu'il est changé (mon cœur) je le cherche en lui-

RACINE

Maintenant je me cherche et ne me trouve plus.

ÉLÉGIE

Il fallait constamment combattre pour ma gloire.

RACINE

Cruelle, si tu veux une gloire nouvelle.

ÉLÉGIE

Vous vous êtes, mon cœur, révolté contre moi.
Je fléchis sous les lois de ton aimable empire.

RACINE

Contre un joug qui lui plaît vainement mutiné.

ÉLÉGIE

Quoi! ma noble fierté s'est soumise à son tour!

RACINE

J'aime, je l'avouerai, cet orgueil généreux
Qui jamais n'a fléchi sous le joug amoureux.

ÉLÉGIE

Je reçois votre cœur, je reçois vos soupirs.

RACINE

J'accepte tous les dons que vous me voulez faire.

ÉLÉGIE

Aimons-nous, aimons-nous et chérissons nos feux!

RACINE

Mais cet empire enfin, si grand, si glorieux,
N'est pas de vos présents le plus cher à mes yeux.

AUTRE ÉLÉGIE

Pour moi, de mon désert, à couvert du naufrage,
Je vous contemplerai dans le fort de l'orage.

RACINE

Qui des faibles mortels déplorant les naufrages,
Pensais toujours du bord contempler les orages.

PIÈCES ANNEXES

LA QUERELLE LITTÉRAIRE
DE BOILEAU ET DE LA MOTTE

LA MOTTE

Extrait du discours sur la Poésie en général et sur l'Ode en particulier.

Les poètes tragiques même, qui s'abandonnent quelquefois à l'enflure, doivent toujours être en garde contre l'excès de l'expression. Comme ils ne font pas parler des poètes mais des hommes ordinaires, ils ne doivent qu'exprimer les sentiments qui conviennent à leurs acteurs, et prendre pour cela les tours et les termes que la passion offre le plus naturellement. Racine n'a presque jamais passé ces bornes que dans quelques descriptions où il a affecté d'être poète, comme dans celle de la mort d'Hippolyte où l'on croit plutôt entendre l'auteur que le personnage qu'il fait parler. Corneille sort aussi quelquefois de cette vraisemblance, surtout dans ce qu'il a imité de Lucain. On voit bien, à plus forte raison, que le poète comique et le pastoral doivent se réduire à une naïveté élégante et mettre leur mérite dans l'exactitude de l'imitation.

Mais les poètes lyriques, j'entends les auteurs d'odes, peuvent et doivent même étaler toutes les richesses de la poésie. Ils peuvent, sans nuire néanmoins à la clarté, parler autrement que le commun des hommes; et pourvu que le sens soit fort et que les images soient vives, à proportion de la hardiesse du langage, ils auront d'autant plus atteint la perfection de leur art qu'ils auront plus heureusement hazardé.

Ce vers de Racine :

> Le flot qui l'apporta recule épouvanté,

est excessif dans la bouche de Théramène. On est choqué de voir un homme accablé de douleur si recherché dans ses termes et si attentif à sa description. Mais le même vers serait beau dans une ode parce que c'est le poète qui y parle, qu'il y fait profession de peindre, qu'on ne lui suppose point de passion violente qui partage son attention, et qu'on sent bien enfin, quand il se sert d'une expression outrée, qu'il le fait à dessein pour suppléer par l'exagération de l'image à l'absence de la chose même.

BOILEAU

Réflexion XI sur Longin.

Néanmoins Aristote et Théophraste, afin d'excuser l'audace de ces figures, pensent qu'il est bon d'y apporter ces adoucissements : pour ainsi dire, si j'ose me servir de ces termes, pour m'expliquer plus hardiment. (Chap. XXVI.)

Le conseil de ces deux philosophes est excellent, mais n'a d'usage que dans la prose; car ces excuses sont rarement souffertes dans la poésie, où elles auraient quelque chose de sec et de languissant parce que la poésie porte son excuse avec soi. De sorte, qu'à mon avis, pour bien juger si une figure dans les vers n'est pas trop hardie, il est bon de la mettre en prose avec quelques-uns de ces adoucissements, puisque en effet, si à la faveur de cet adoucissement, elle n'a plus rien qui choque, elle ne doit point choquer dans les vers destitués même de cet adoucissement.

M. de la Motte, mon confrère à l'Académie française, n'a

donc pas raison en son traité de l'Ode, lorsqu'il accuse l'illustre M. Racine de s'être exprimé avec trop de hardiesse dans la tragédie de *Phèdre* où le gouverneur d'Hippolyte faisant la peinture du monstre effroyable que Neptune avait envoyé pour effrayer les chevaux de ce jeune et malheureux prince, se sert de cette hyperbole :

Le flot qui l'apporta recule épouvanté,

puisqu'il n'y a personne qui ne soit obligé de tomber d'accord que cette hyperbole passerait même dans la prose à la faveur d'un *pour ainsi dire* ou d'un *si j'ose ainsi parler.*

D'ailleurs Longin, en suite du passage que je viens de rapporter ici, ajoute des paroles qui justifient encore mieux que tout ce que j'ai dit, le vers dont il est question. Les voici : « L'excuse, selon le sentiment de ces illustres philosophes, est un remède infaillible contre les trop grandes hardiesses du discours et je suis bien de leur avis. Mais je soutiens pourtant toujours, ce que j'ai déjà avancé, que le remède le plus naturel contre l'abondance et l'audace des métaphores, c'est de ne les employer que bien à propos, je veux dire dans le *sublime* et dans les grandes passions. » En effet, si ce que dit là Longin est vrai, M. Racine a entièrement cause gagnée. Pouvait-il employer la hardiesse de sa métaphore dans une circonstance plus considérable et plus sublime que dans l'effroyable arrivée de ce monstre, qu'au milieu d'une passion plus vive que celle qu'il donne à cet infortuné gouverneur d'Hippolyte, qu'il représente plein d'une consternation que, par son récit, il communique en quelque sorte aux spectateurs mêmes, de sorte que par l'émotion qu'il leur cause, il ne les laisse pas en état de chicaner sur l'audace de sa figure. Aussi a-t-on remarqué que toutes les fois qu'on joue la tragédie de *Phèdre* bien loin qu'on paraisse choqué de ce vers :

Le flot qui l'apporta recule épouvanté,

on y fait une sorte d'acclamation, marque incontestable

qu'il y a là du vrai sublime, au moins si l'on doit croire ce qu'atteste Longin, en plusieurs endroits et surtout à la fin de son sixième chapitre par ces paroles : « Car lorsqu'en un grand nombre de personnes, différentes de profession et d'âge et qui n'ont aucun rapport ni d'humeur ni d'inclination, tout le monde vient à être frappé également en quelque endroit d'un discours, ce jugement et cette approbation unanime de tant d'esprits si discordants d'ailleurs, est une preuve certaine et indubitable qu'il y a là du merveilleux et du grand ».

M. de la Motte néanmoins paraît fort éloigné de ces sentiments, puisque oubliant les acclamations que je suis sûr qu'il a plusieurs fois lui-même, aussi bien que moi, entendu faire dans les représentations de *Phèdre*, au vers qu'il attaque, il ose avancer qu'on ne peut souffrir ce vers, alléguant pour une des raisons qui empêchent qu'on ne l'approuve, la raison même qui le fait le plus approuver, je veux dire l'accablement de la douleur où est Théramène. On est choqué, dit-il, de voir un homme accablé de douleur comme est Théramène, si attentif à sa description et si recherché dans ses termes. M. de la Motte nous expliquera, quand il le jugera à propos, ce que veulent dire ces mots : *si attentif à sa description et si recherché dans ses termes*; puisqu'il n'y a en effet, dans le vers de M. Racine aucun terme qui ne soit commun et fort usité. Que s'il a voulu par là simplement accuser d'affectation et de trop de hardiesse la figure par laquelle Théramène donne un sentiment de frayeur au flot même qu'a jeté sur le rivage le monstre envoyé par Neptune, son objection est encore bien moins raisonnable, puisqu'il n'y a point de figure plus ordinaire dans la poésie que de personnifier les choses inanimées et de leur donner du sentiment, de la vie et des passions. M. de la Motte me répondra peut-être que cela est vrai quand c'est le poète qui parle, parce qu'il est supposé épris de fureur, mais qu'il n'en est pas de même des personnes qu'on fait parler. J'avoue que ces personnages ne sont pas d'ordinaire supposés épris de fureur, mais ils peuvent l'être d'une autre passion, telle qu'est celle de Théramène qui ne leur fera pas dire des choses moins fortes et moins exagérées que celles que pourrait dire un poète en fureur. Ainsi Enée, dans l'accablement de douleur où il est à la fin du second livre de l'Énéide lorsqu'il raconte la misérable fin de sa patrie, ne cède pas en audace d'expression à Virgile même, jusque-là que, la comparant à un grand arbre que les laboureurs s'efforcent d'abattre à coups de cognée, il ne se contente pas de prêter de la colère à cet arbre, mais il lui fait faire des menaces à ces laboureurs. *L'arbre indigné*, dit-il, *les menace en branlant sa tête chevelue* :

> Illa usque minatur
> Et tremefacta comam concusso vertice nutat.

Je pourrais rapporter ici un nombre infini d'exemples et dire encore mille choses de semblable sorte sur ce sujet, mais en voilà assez, ce me semble, pour dessiller les yeux de M. de la Motte et pour le faire ressouvenir que lorsqu'un endroit d'un discours frappe tout le monde, il ne faut pas chercher des raisons ou plutôt de vaines subtilités pour s'empêcher d'en être frappé, mais faire si bien que nous trouvions nous-mêmes les raisons pourquoi il nous frappe....

LA MOTTE

Réponse à M. Despréaux.

En parlant des expressions audacieuses, dans mon discours sur l'Ode, j'ai dit qu'elles ne convenaient proprement qu'au poète lyrique et au poète épique, quand il ne fait pas parler ses personnages, et j'ai cru que dès qu'on introduisait des acteurs, il fallait se contenter du langage ordinaire, soutenu seulement de l'élégance et des grâces que pouvaient comporter leurs états.

J'ai cité de plus, pour exemple de l'excès que les auteurs de théâtre doivent éviter, le vers célèbre que M. Racine met dans la bouche de Théramène :

Le flot qui l'apporta recule épouvanté.

M. Despréaux, digne ami de M. Racine, lui a fait l'honneur de le défendre, en me faisant celui de combattre mon sentiment, qu'il eût pu juger sans conséquence, s'il m'avait traité à la rigueur.

Il employa sa onzième réflexion sur Longin à vouloir démontrer que le vers en question n'est point excessif. Je me ferais gloire de me rendre s'il m'avait convaincu, mais comme les esprits supérieurs, quelque chose qu'ils avancent, prétendent payer de raison et non pas d'autorité, je fais la justice à M. Despréaux de penser que s'il vivait encore, il trouverait fort bon que je défendisse mon opinion, dût-elle se trouver la meilleure....

Je suppose donc que M. Despréaux me lit sa réflexion, je l'écoute jusqu'au bout sans l'interrompre et comme l'intérêt de me corriger ou de me défendre aurait alors redoublé mon attention et soutenu ma mémoire, je m'imagine qu'après la première lecture, j'aurais été en état de lui répondre à peu près en ces termes :

« Il me semble, monsieur, que la première raison que vous alléguez contre moi est la plus propre à justifier mon sentiment. Vous dites que les expressions audacieuses qui seraient reçues dans la prose, à l'aide de quelque adoucissement, peuvent et doivent s'employer en vers sans correctif, parce que la poésie porte son excuse avec elle. J'en conviens, monsieur, mais vous en concluez aussitôt que le vers en question est hors de censure parce que la même expression que Théramène emploie sans correctif, serait fort bonne en prose avec quelque adoucissement. J'accepte de bon cœur cette manière de vérifier la convenance d'une audace poétique et il me semble qu'elle met Théramène tout à fait dans son tort; car s'il parlait en prose et qu'il dît à Thésée, en parlant du monstre :

Le flot qui l'apporta recule, pour ainsi dire, épouvanté

ne sentirait-on pas dans ce discours une affectation d'orateur, incompatible avec le sentiment profond de douleur dont il doit être pénétré? Je ne sais si je me trompe, mais je sens vivement que ce *pour ainsi dire* met dans tout son jour le défaut que la hardiesse brusque de la poésie ne laissait pas si bien apercevoir.

« Vous ajoutez avec Longin que le meilleur remède à ces figures audacieuses, c'est de ne les employer qu'à propos et dans les grandes occasions. M. Racine, dites-vous, a donc entièrement cause gagnée, car quel plus grand événement que l'arrivée de ce monstre effroyable envoyé par Neptune contre Hippolyte? Je l'avoue, monsieur, la circonstance est grande, et si elle était unique, s'il ne s'agissait que de la peindre, je ne trouverais pas que M. Racine eût employé des couleurs trop fortes; mais la mort d'Hippolyte ayant été causée par l'arrivée du monstre, cette mort devient le seul événement important pour Théramène qui le raconte et pour Thésée qui l'entend. C'est sans comparaison l'idée la plus intéressante pour le gouverneur et pour le père, et je ne conçois pas qu'elle pût laisser à l'un de l'attention de reste pour la description du monstre et de la curiosité à l'autre pour l'entendre. Ainsi, monsieur, en m'en tenant au mot décisif de Longin, qui veut qu'on n'emploie ces figures audacieuses qu'à propos, je ne crois pas encore que M. Racine fût dans le cas de les pouvoir prêter à Théramène.

« Vous faites valoir contre moi les acclamations que le vers dont il s'agit a toujours attirées dans les représentations de *Phèdre*....

« Je m'en tiens à l'expérience pour faire voir que les acclamations de théâtre sont souvent fautives et sujettes à de honteux retours.

16

« Rappelez-vous, je vous prie, ces vers fameux du *Cid* :

> Pleurez, pleurez, mes yeux, et fondez-vous en eau.
> La moitié de ma vie a mis l'autre au tombeau,
> Et m'oblige à venger, après ce coup funeste,
> Celle que je n'ai plus sur celle qui me reste.

« Vous ne sauriez douter du plaisir que ces vers ont fait ; et cependant ne seriez-vous pas le premier à dessiller les yeux du public, s'ils ne s'étaient déjà ouverts sur la mauvaise subtilité de ces expressions. Je comprends pourtant ce qui charmait dans ces vers : la situation de Chimène, aussi cruelle que singulière, touchait sans doute le cœur, le brillant de l'antithèse éblouissait l'imagination, ajoutez à cela le goût régnant des pointes. On n'avait garde de regretter le naturel qui manque en cet endroit. Mais, direz-vous, on en est revenu. Je n'en veux pas davantage, monsieur : les acclamations ne prouvent donc pas absolument et elles ne sauraient prescrire contre la raison.

« J'oserai vous dire, de plus, qu'on est aussi désabusé de l'expression de M. Racine et que je n'ai trouvé presque personne qui ne convint qu'elle est excessive dans le personnage, quoiqu'elle fût fort belle à ne regarder que le poète.

« Ç'aurait été dommage, à cet endroit, de ne pouvoir m'armer d'une autorité que j'ai recueillie depuis à une séance de l'Académie où tout ce qui se trouva d'académiciens me confirma dans mon sentiment.

« M. Despréaux n'aurait pu moins faire en ce cas que de trouver la question plus problématique qu'il ne l'avait crue d'abord.

« Mais, monsieur, aurais-je continué, vous faites une remarque importante sur la différence que j'ai voulu mettre entre le personnage et le poète. Le personnage, selon vous, peut être agité de quelque passion violente, qui vaudrait bien la fureur poétique, et le personnage peut alors employer des figures aussi hardies que le poète.

« Écartons, s'il vous plaît, l'équivoque des termes, afin qu'il n'y en ait pas non plus dans mes raisons. Si vous entendez par fureur poétique ce génie heureusement échauffé qui sait mettre les objets sous les yeux et peindre les diverses passions de leurs véritables couleurs, cette idée même fait voir que le poète est obligé d'imiter la nature, soit dans les tableaux qu'il trace, soit dans les discours qu'il prête à ses personnages, et qu'on peut traiter hardiment de fautes tout ce qui s'en éloigne.

« Si, au contraire, par fureur poétique, vous entendez simplement ce langage particulier aux poètes, que la hardiesse des fictions et des termes a fait appeler le langage des Dieux, je réponds que les passions ne l'emprunteront jamais. Ce langage est le fruit de la méditation et de la recherche et l'impétuosité des passions n'en laisse ni le goût ni le loisir.

« Vous m'alléguez vainement l'exemple de Virgile, vous voyez bien, monsieur, que puisque j'ose combattre vos raisons, je ne suis pas d'humeur de me rendre aux autorités....

« Quant à l'exemple particulier d'Énée, quoiqu'on puisse dire qu'il n'est pas dans le cas de Théramène, et qu'après sept ans passés depuis les malheurs qu'il raconte, il peut conserver assez de sang-froid pour orner son récit de comparaisons, j'avoue encore qu'il m'y paraît excessivement poétique, et c'est un défaut que j'ai senti dans tout le second et dans tout le troisième livre de l'*Énéide* où Énée n'est ni moins fleuri, ni moins audacieux que Virgile. Peut-être que Virgile a bien aperçu lui-même ce défaut de convenance, mais ayant à mettre deux livres entiers dans la bouche de son héros, il n'a pu se résoudre à les dépouiller des ornements de la grande poésie. »

J'aurais pu dire d'autres choses à M. Despréaux si j'avais vérifié l'endroit qu'il me cite, comme je l'ai fait depuis. Il se trompe dans le sens du passage, parce qu'il s'en est confié à sa mémoire, confiance dangereuse pour les savants mêmes.

La preuve qu'il a citée de mémoire, c'est qu'il place la comparaison au commencement du second livre, au lieu qu'elle est vers la fin. Il est tombé par cette négligence dans une double erreur : l'une de croire qu'Énée se compare lui-même à l'arbre quoique la comparaison ne tombe manifestement que sur la ville de Troie saccagée par les Grecs; l'autre de penser qu'Énée prête à l'arbre du sentiment et de la colère, quoique les termes dont Virgile se sert ne signifient que l'ébranlement et les secousses violentes de l'arbre sous la coignée des laboureurs ¹....

1. La première attaque de La Motte avait paru dans un *Discours sur la poésie en général et sur l'Ode en particulier*, qui précède les *Odes* de cet auteur (1707). Boileau crut devoir prendre la défense de son ami, dans sa onzième réflexion sur Longin, imprimée en 1710. La réponse à M. Despréaux, publiée dans une nouvelle édition des *Odes*, n'a paru qu'en 1713, après la mort du satirique. Le langage vif et naturel de La Motte, qui forme un contraste piquant avec le ton rogue et pédant de Boileau, me semble comme une première ébauche de la manière qui devait plus tard illustrer Diderot.

LA CABALE DE LA DUCHESSE
DE BOUILLON
ET CELLE DE LA CHAMPMESLÉ

Phèdre et Hippolyte [1]

(Tragédie)

PAR PRADON.

Préface.

Voici une troisième pièce de théâtre de ma composition, elle a causé bien de la rumeur au Parnasse, mais je n'ai pas lieu de me plaindre de son succès; il a passé de si loin mon attente que je me sens obligé d'en remercier le public et mes ennemis même, de tout ce qu'ils ont fait contre moi. A l'arrivée d'un second Hippolyte à Paris, toute la République des lettres fut émue, quelques poètes traitèrent cette entreprise de témérité inouïe, et de crime de lèze-majesté poétique; surtout :

> La cabale en pâlit et vit en frémissant
> Un second Hippolyte à sa barbe naissant,

Mais les honnêtes gens applaudirent fort à ce dessein; ils disaient hautement qu'Euripide, qui est l'original de cet

---

1. La pièce de Racine avait aussi originairement pour titre : *Phèdre et Hippolyte.*

16.

Commentaires de Brossette sur Boileau.
(Épitre VII.)

« Nous avons dit que la *Phèdre* de M. Racine ayant été représentée par les comédiens de l'hôtel de Bourgogne, ceux de la troupe du Roi lui opposèrent, deux jours après, celle de Pradon. Ce poète consultait ordinairement sur ses œuvres madame Deshoulières; aussi l'intérêt qu'elle prenait à la tragédie de Pradon fit qu'elle voulut voir la première représentation de celle de Racine. Elle revint souper chez elle avec cinq ou six personnes, au nombre desquelles était Pradon. Pendant tout le repas on ne parla que de la tragédie nouvelle, chacun en dit son sentiment avec beaucoup de liberté et l'on se trouva plus disposé à la critique qu'à la louange. Ce fut pendant le même souper que madame Deshoulières fit ce fameux sonnet :

> Dans un fauteuil doré Phèdre tremblante et blême
> Dit des vers où d'abord personne n'entend rien.
> Sa nourrice lui fait un sermon fort chrétien
> Contre l'affreux dessein d'attenter sur soi-même.
>
> Hippolyte la hait presque autant qu'elle l'aime,
> Rien ne change son cœur, ni son chaste maintien.
> La nourrice l'accuse, elle s'en punit bien.
> Thésée a pour son fils une rigueur extrême.
>
> Une grosse Aricie au teint rouge, aux crins blonds,
> N'est là que pour montrer deux énormes tétons.
> Que malgré sa froideur Hippolyte idolâtre.
>
> Il meurt enfin, traîné par ses coursiers ingrats,
> Et Phèdre, après avoir pris de la mort-aux-rats,
> Vient, en se confessant, mourir sur le théâtre.

Ce sonnet se répandit bientôt dans Paris. Dès le lendemain matin l'abbé Tallemant l'aîné en apporta une copie à madame Deshoulières qui la reçut sans rien témoigner de la part qu'elle avait au sonnet, et elle fut ensuite la première à le montrer, comme le tenant de l'abbé Tallemant. Les amis de M. Racine crurent que ce sonnet était l'ouvrage de M..., l'un des protecteurs de Pradon, car pour Pradon lui-même, ils ne lui firent pas l'honneur de le soupçonner d'en être l'auteur. Dans cette pensée ils tournèrent ainsi ce sonnet contre M..., sur les mêmes rimes :

> Dans un palais doré Damon, jaloux et blême.
> Fait des vers où jamais personne n'entend rien.
> Il n'est ni courtisan, ni guerrier, ni chrétien;
> Et souvent pour rimer il s'enferme lui-même.
>
> La muse par malheur le hait autant qu'il l'aime :
> Il a d'un franc poëte et l'air et le maintien;
> Il veut juger de tout, et n'en juge pas bien;
> Il a pour le phébus une tendresse extrême.
>
> Une sœur vagabonde, aux crins plus noirs que blonds,
> Va par tout l'Univers promener deux tétons
> *Dont, malgré son pays, Damon est idolâtre.*
>
> Il se tue à rimer pour des lecteurs ingrats.
> L'*Énéide*, à son goût, est de la mort-aux-rats,
> Et, selon lui, Pradon est le roi du théâtre.

On attribua cette réponse à Racine et à Despréaux, mais ils la désavouaient. Ils ont assuré depuis qu'elle avait été faite par le chevalier de Nantouillet, avec le comte de Fiesque, le marquis d'Effiat, M. de Guilleragues et M. de Manicamp. C'était, en effet, l'ouvrage d'eux tous ensemble. Celui contre qui le second sonnet avait été fait, répliqua par un autre, toujours sur les mêmes rimes :

> R. et D., l'air triste et le teint blême,
> Viennent demander grâce et ne confessent rien.
> Il faut leur pardonner parce qu'on est chrétien;
> Mais on fait ce qu'on doit au public, à soi-même.
>
> Damon, pour l'intérêt de cette sœur qu'il aime,
> Doit de ces scélérats châtier le maintien.
> Car il serait blâmé par tous les gens de bien,
> S'il ne punissait pas leur insolence extrême.

Ce fut une furie, aux crins plus noirs que blonds,
Qui leur pressa du pus de ses affreux tétons
Ce sonnet qu'en secret leur cabale idolâtre.

Vous en serez punis, satiriques ingrats,
Non pas, en trahison, d'un sou de mort-aux-rats,
Mais de coups de bâton donnés en plein théâtre.

Cette querelle fut terminée par des personnes du premier rang.

Mémoires de la vie de Jean Racine
PAR LOUIS RACINE.

(*Extrait.*)

« On répondit à ce sonnet (celui de madame Deshoulières) par une parodie sur les mêmes rimes et on ne respecta dans cette parodie ni le duc de Nevers, ni sa sœur, la duchesse de Mazarin, retirée en Angleterre. Quand les auteurs de cette parodie n'eussent fait que plaisanter M. le duc de Nevers sur sa passion pour rimer, ils avaient tort, parce qu'ils attaquaient un homme qui n'avait cherché querelle à personne; mais dans leurs plaisanteries ils passaient les bornes des querelles littéraires, en quoi ils n'étaient pas excusables.

On ne douta pas que cette parodie fût l'ouvrage du poète offensé et que son ami Boileau y eût part. Le soupçon était naturel. Le duc irrité annonça une vengeance éclatante. Ils désavouèrent la parodie dont, en effet, ils n'étaient point les auteurs, et M. le duc Henri Jules les prit tous deux sous sa protection en leur offrant l'hôtel de Condé pour retraite. « Si vous êtes innocents, leur dit-il, venez-y, et si vous êtes « coupables, venez-y encore. » La querelle fut apaisée quand on sut que quelques jeunes seigneurs très distingués avaient fait dans un repas la parodie du sonnet. »

TABLE DES MATIÈRES

PIÈCES ANNEXES

943-02. — Coulommiers. Imp. PAUL BRODARD. — 1-03.

COULOMMIERS. — IMP. PAUL BRODARD.

www.ingramcontent.com/pod-product-compliance
Lightning Source LLC
Chambersburg PA
CBHW070842030726
47504CB00005B/1187